鄭順聰 著

台語好日子

學 台 語 的 第 一 本 書

這是一本專業卻又平易近人的「好冊」，讓你輕鬆愉快，親近台語，在日常生活中發現台語的美麗！

——向陽（詩人）

阿聰以自身學習台語的經驗出發，敏銳的觀察及犀利的分析搭配溫柔貼心的說明、引導，有最生活化的詞彙、極為基礎但大家可能沒機會注意和思考的語文觀念，結合現代與台語相關的公共議題，還附基本而重要的網路資源；《台語好日子》除了是適合失落台語的年輕一代的「𤆬路雞」，也應該是台語教學者需要參考的工具書，更是對語言學習有興趣者都適合翻閱的基本款。「講台語，不時攏是好時機；講台語，逐工攏是好日子！」

——陳豐惠（李江却台語文教基金會執行長）

順聰兄這本《台語好日子》，不唱高調，回歸生活。是父母經營家庭教育的借鏡，是子女與長輩交流溝通的契機，是暖心的散文佳作，更是共同尋找母語未來出路的探路石。

——黃震南（活水來冊房）

在台語文上用力最勤的鄭順聰，在書中用親切的語言教你輕輕鬆鬆把台語學回來。從寒暄的問候語、時間的用詞開始，再直接切入所有的人際場域，市場、超商、麵攤、計程車、電視……舉凡食衣住行育樂可能接觸到的狀況都一一做有趣的示現。語言植基於生活，本書非常實用，不但貼近生活，掌握要訣，且為讀者拓展了台語文新視野。

——廖玉蕙（國立台北教育大學語文與創作系退休教授）

佇我的經驗內底，佮厝裡的人、厝邊、菜市仔的販仔、計程車司機、各種攤仔的頭家（娘），是學習母語上緊的所在！佇即本冊內底，誠豐派的使用著類似的因素，會當予人不知不覺著來會曉講台語即个即爾婧的語言，實在是無簡單，佮我用佇歌詞內的方法仝款，生活而且四常，較緊來學，順聽師兮這步，獪穤喔！

——謝銘祐（詞曲作者、唱片製作）

目次

II生活篇：學習方法大展開

Ⅲ觀念篇：打造理想的社會

前言

迴轉壽司請來坐

你現在讀的是一本**冊**（tsheh），一本學習台語的入門書。

我是鄭順聰，叫我「阿聰」比較親切，這幾年為了學回我的母語「台語」，絞盡腦汁，積極上進，好不容易恢復應該有的程度。於是不揣淺陋，將心路歷程與方法訣竅，寫成一篇篇文章，匯集為書，跟大家分享。

書大致完成後，攤開目錄，我喊了句：歡迎光臨！

阿聰竟開了家「迴轉壽司店」，盤子順著軌道送來一篇篇文章，分為三種顏色與菜色，價格相同，誠意不變。

先讀〈基礎篇〉，感受台語的美好；搭配〈生活篇〉，是陪你成長的好伙伴；進一步深入探索，〈觀念篇〉會開拓你的視野喔！

請依程度與喜好，選擇相符的篇章，好好品嚐。若在言談或網路的留言中，發現朋友對台語有興趣，趕緊邀請她／他一起光臨這家台語迴轉壽司店！

以下是詳盡的使用說明：

I 基礎篇

給全然不懂台語，或常喊「好想學台語」的你。

猶如卷壽司，主文的華語是米飯，煎蛋與醬瓜乃台語，以台語漢字與羅馬拼音標示，每篇文末有系統化圖表整理的字詞解釋，猶如海苔，將豐富的餡料包起來，一整份滿滿的飽足。

我想，初初遇到羅馬拼音的你，會有小鹿亂撞的感覺，所以請上網查「台語好日子SoundCloud」，或者掃描書裡「語詞筆記」的QRcode，直接就唸給你聽，夠貼心了吧。

網路已經有許多台語學習資源（請見附錄），阿聰之所以寫〈基礎篇〉，猶如學校的課文，是要示範文章供讀者參考。更重要的，是你可照此模式，在華文書寫中加入台語漢字與羅馬拼音，語言能力必會大幅邁進。

阿聰我早期也都這麼寫，寫著寫著，詞彙與能力「越過山丘」，就可以全台文書寫囉！

II 生活篇

台語廣闊如大海，學習無邊際，最好先取得釣竿，再來釣魚。

〈生活篇〉就是阿聰的方法論，綜合我學回台語的實戰經驗，台文先進傳授的技巧，再萃取書本與網路的精華，濃縮而成。

這些技巧與訣竅，總共分為十大類，觸及生活各層面，看似瑣碎零散，其實是鋪天蓋地式的全面學習。猶如握壽司，底下的米飯捏得紮實，那是學習過程中必備的認真仔細，而上頭那一片魚肉，肉質、口感、滋味各各不同，都令人垂涎欲滴啊！

〈生活篇〉分為內、外兩部分。現代生活往往是一個人，所以先談獨處之時，如何透過媒體、科技、書本來充實台語能力。然後，走入人群，從家庭、朋友漣漪般擴展到公眾生活，以同心圓的方式，展開台語實踐實作的新天地。

III 觀念篇

在學習台語的過程中，定會涉及到意識形態、理念、哲學等高層次的思維。迴轉壽司轉啊轉啊，那些顏色較為罕見、食材高檔的盤子，恍然便轉到你面前，讓人大開眼界，驚訝不已。

語言不只是語言，在人類歷史這條不斷轉動的軌道中，承載著太多恩怨情仇，關於台語的發展、學術、爭辯，那是學者專家的職責。身為作家，阿聰我偏好瞭望遠處，期待一個多元、公平、和善的國家，捏塑成六篇寫給未來的備忘錄，期望台灣社會能早日達標。

內文有許多重複的叮嚀，例如查辭典、常對話、寫台文、科技化，乃為了一再點醒讀者，入耳入心進而去行動，不斷催促成為習慣，這本書才會真正發揮功效。

此外，在品嚐阿聰迴轉壽司之前，請注意以下說明，內文就不重複註解了：

一、「華語」：俗稱「國語」，指在台灣通行的普通話。

二、「台語」：意指語言學定義的「台灣閩南語」。

三、「教典」：乃「教育部臺灣閩南語常用詞辭典」簡稱，是教育部認可的網路辭典，本書台語漢字與羅馬拼音，大多依此而來，讀者可上網查詢。

四、「台語人」：以台語為第一語言，流暢且熟練的語言使用者。

五、「母語」：指我的母語「台灣閩南語」，本書主題雖是台語的學習與運用，讀者也可以轉換成客語、原住民各族語等等。只要條件適當，本書所述的語言學習法，可通用於各種語言。

回首過去，阿聰我曾學過日語、法語、德語、西班牙語，一點點梵文，更企圖讓英語聽說讀寫流利。我的方法很學生，讀教材，勤上課，在書桌前反覆練習，甚至找老師一對一面對面……最後的結果都是失敗！

別妄想啦！不要說進社會工作，阿聰我高中畢業後早就是關不住的鳥兒，興趣那麼多，生活龐雜零碎，還跑出 3C 網路與糾纏不清的人情世故，要騰出完整時間全心全力學習，熱度頂多三個月，除非有超凡的毅力與不得不的現實壓力，那些錢與決心遲早得進回收場，註定廢棄。

但台語成功了！

阿聰我不過是利用零碎的時間瀏覽網路，唱唱歌，聽聽廣播，偶爾追台語劇，去菜市場或坐計程車時聊聊天，常與爸媽和朋友對話，讀讀台語教材與文學作品來鞏固基礎，並在田調訪問與公開場合演講貫徹全台語。

學習語言，得先具備正確觀念，充實能力，然後廣為運用，只要依循這本書的綱要，打開〈觀念篇〉的視野，且以〈基礎篇〉為學習軸心，實踐〈生活篇〉，如同壽司迴轉到你面前，因應每日的心情與主題，隨意取用，不必一口氣完讀，想想看，有人一餐掃光軌道上壽司嗎？

在台灣過台語好日子，並非難事，你也可以像阿聰一樣，講台語時散發自信的光芒！

最後，請各位讀者認明，這是家迴轉壽司店，無法提供火鍋、牛排、義大利麵等餐點，更不是台灣三寶之＄＄＄吃到飽。

無論全世界哪個角落的哪種語言，其內涵都是浩瀚無比的，恕這本小書提供的服務有限，招待不周，敬請見諒。

事不宜遲，隨即入座，挑選你有興趣的文章，來場台語壽司**趖玲瑯**（sėh-lin-long）！

基礎篇

I 感受語言的美妙

問候語直播

逐个好（ta̍k-ê-hó，**大家好**）！

你手中持握的是一本書，透過紙面上文字，阿聰正在跟你直播。網路的直播，有聲音、有影像、有互動，隨時可能斷線。然而，你只需動用雙眼與注意力，立即就和阿聰我連線。

一天二十四小時，隨時隨地可展書閱讀，進行這場直播，第一件事就是**相借問**（sio-tsioh-mn̄g，**打招呼**），大聲喊：**你好**（lí-hó）。

若是精神抖擻的晨讀，我們互道**勢早**（gâu-tsá，**早安**）！當然，你可以照三餐來問候，較為現代的說法是：**午安**（ngóo-an，**午安**），**暗安**（àm-an，**晚安**）。

雖說你閱讀的當下，阿聰可能正在呼呼大睡，或狼吞虎嚥吃火鍋……文字恆久遠，以形、音、義存檔，用閱讀力解碼，紙頁即直播。

可也別忘了最台灣的問候語：**食飽未**（tsia̍h-pá-buē，**吃飽了沒**）？你有兩個選項可回答：**食飽矣**（tsia̍h-pá-ah，**吃飽了**）／**猶未**（iáu-buē，**還沒**）！

問候的核心乃關心你今天過得如何，可不必詳細回答適才吃的是滷肉飯、義大利麵或是薑母鴨……。

若是常見面的朋友，客套話就不必了，哇啦哇啦閒話家常，話題猛轉彎切入主題，引爆八卦與抱怨的情緒炸彈！久久未見面的朋友若重拾這本《台語好日子》，阿聰會跟你說**久見**（kiú-kiàn）！然後說說天氣、談談近況，兜繞兜繞兜兜繞繞……。

台灣人的禮儀，不似美國人那麼直接，也無日本人的繁文縟節，是一種恰如其分的溫潤，要從內心汲引出誠意，在形式與內涵之間，以人情味做平衡。

若去拜訪朋友，隨手攜帶的禮物是**等路**（tán-lōo），主人會回禮**伴手**（phuānn- tshiú）。禮不必重，但心意得足——請道出這句內行人台語，必可打動主人的心：

歹勢（pháinn-sè），**來遮攪擾**（kiáu-jiáu）。（不好意思，打擾了）

回到這場紙面直播，猶如寫信與打電話，透過人造的工具，將迢遞的距離拉近，來連繫感情、商討事務，或是閒磕牙、消磨時間……最後就要來**相辭**（sio-sî）。對方若要走一段長路，無論是坐車或開車，就說**順行**（sūn-kiânn）；比較現代的用語，舉起手大聲喊**再會**（tsài-huē）。

你手中持握的這本書，可是阿聰我千辛萬苦琢磨出來的，好不容易出版上市，暫從筆耕的電腦離線，打長途電話回家，跟媽媽報告說你兒子近來寫了本書，內容是教現代人學台語的實用方法，第一篇淺談問候道別、禮尚往來，也不知有沒有人讀？市場反應如何？

雖和媽媽分隔南北，感覺從未離開過。

講著講著就要結束了，我發出無意義的碎音，媽媽的字句越來越拖沓，掛掉電話前最後一句話是：好啦！好啦！好啦！

母子之間，是不說「再見」的。

註：〈基礎篇〉內文因顧及敘述與排版，羅馬拼音與華語解釋略有縮減，與「語詞筆記」的順序與內容有所不同，特此說明。

【語詞筆記】

逐个好（ta̍k-ê-hó） 大家好！	**相借問**（sio-tsioh-mn̄g） 打招呼、寒暄。
你好（lí-hó） 你好。	**勢早**（gâu-tsá） 早安。
午安（ngóo-an） 午安。	**暗安**（àm-an） 晚安。
食飽未 （tsia̍h-pá--buē/bē） 吃飽了沒？一種慣常的問候語。	**食飽矣**（tsia̍h-pá--ah） 吃飽了。
猶未（iáu-buē/bē） 還沒。	**伴手**（phuānn-tshiú） 訪友時帶去送友人的禮物。
等路（tán-lōo） 拜訪親友時攜帶的小禮物。	**攪擾**（kiáu-jiáu/liáu） **齪嘈**（tsak-tsō） 打擾，拜訪人家或 即將辭行前的客套話。
久見（kiú-kiàn） **罕行**（hán-kiânn） 久違，好久不見。	
歹勢（pháinn-sè） 不好意思。	**相辭**（sio-sî） 告辭、告別。
順行（sūn-kiânn） **慢行**（bān-kiânn） 祝一路順風。	**再會**（tsài-huē） 道別，再見。

01

時間的用詞

一日中各時刻，我最著迷於黃昏，在此白天黑夜替換的時刻，那光影的層次、美麗色彩與夕陽之漸落，每每引得語言的創造者詩情洋溢，燦發語詞來描繪、讚嘆。

台語的黃昏，用詞極多，一般說**欲暗仔**（beh-àm-á），當我第一次讀到**軟晡**（nńg-poo，**向晚**）時，心也跟著軟了，真想寫成詩、鋪為歌詞。

晡，申時，下午三點至五點，台語的「晡」通常指半天，也泛指下午或黃昏，陽光從強勁漸次轉弱，先人說是「晡」柔軟了下來……猶如哲者姿態之謙退，法國麵包般的陽光軟化，或是一隻貓瞥見燦爛的晚霞，打個呵欠伸了個長長的懶腰撩起長日將盡的憂愁……

黑夜掩至，天地一襲昂藏的森然，來到了**暗時**（àm-sî，**晚上**），家家戶戶點亮燈火，本在空中捕食蚊蟲的蝙蝠也跟著沒入黑暗——就在這個時候，我彷彿聞到剛洗完澡、那肥皂香氣從潔淨的皮膚揮發而出的氣味。

下昏（e-hng，**晚上**），全家圍繞著餐桌，有晚間新聞配飯，邊嚼食邊零零散散講著今天發生的瑣瑣碎碎。

學生時代，我跟夜晚最是親近，總一邊K書一邊聽廣播，往往讀到**半暝**（puànn-mê）。為了漫漫長夜的考試前準備，跑去買宵夜儲存精力，可選擇泡麵、肉包、炒麵、臭豆腐，狠一點就去買鹹酥雞，配上清涼飲料去膩。飽足後，想說在床上先歇息一下，要來徹夜奮戰。

然後，天就亮了，猛然驚醒，打開窗戶，**拍殕仔光**（phah-phú-á-kng），太陽就要從山後頭浮出，猛然發現已是**透早**（thàu- tsá，**清晨**），課本還沒預習完，竟然就睡著了啊啊啊！趕緊亡羊補牢，草草讀了幾頁，匆匆盥洗穿上制服，拎起書包往學校去。通學的路上，絲毫無睡意，也不敢跟同學扯淡，趕緊抱佛腳，狼狽到學校。

早起（tsái-khí，**早上**），第一堂課八點就考試，考得汗流浹背，神魂俱散。

好不容易撐到午餐時刻，猶記得，嘉義高中午間會播放流行音樂，且無處不盈溢著飯菜香。便當兩三口吞完，就到社團打混，或圖書館借書，**中晝**（tiong-tàu，**中午**），是該睡個午覺，但時光荏苒，打混也得把握時間，就是不想睡啦！

下晡（ē-poo，**下午**），嘉南平原烙下灼熱的陽光，樹上的吱蟬嘶鳴配樂。最後一堂課若是體育課，即劃下完美的結局，在籃球場運球投射飆三分，流下爽快的汗水，天氣就不那麼炎熱了。

之所以如此喜歡傍晚，或許跟放學有關，從學校的拘束中解放，騎腳踏車出圍牆大門，是該回家了——卻不想那麼早回去，軟哺，就是站哨的白日放軟了，即將下哨將任務交給夜晚，吹吹口哨，在街頭亂晃，吃碗冰消暑。

我更愛將書包一丟，迎著晚風，往野放的田疇而去。廣袤的平原之上，俯臨的太陽猶如紅鴨蛋，碰到地平線便碎裂，散開絢麗的晚霞。

規工（kui-kang），我感受光線與氛圍之變化，時時刻刻，無時無刻，每一時每一刻。

【語詞筆記】

欲暗仔（beh/bueh-àm-á）
軟晡（nńg-poo）
傍晚、黃昏。

早起（tsái-khí）
頂晡（tíng-poo）
早上、上午。

暗時（àm-sî）
下昏（e-hng），
一般合音唸作盈（îng），
又唸作 ē-hng，enn-hng
晚上、夜晚。

中晝（tiong-tàu）
透中晝（thàu-tiong-tàu）
中午，午間。

半暝（puànn-mê/mî）
深夜（tshim-iā）
深夜、夜半。

下晡（ē-poo）
下晝（ē-tàu）
下午、午後。

透早（thàu-tsá）
拍殕仔光
（phah-phú-á-kng）
清早、黎明。

規工（kui-kang）
透日（thàu-jit/lit）
整天、終日。

台語的時間用詞切分得很細，同義詞相當多，在此僅列出部分。

02

菜市場煮夫

在太太搶回廚房前，我曾是「家庭煮夫」，清早起床，提起**菜籃仔**（tshài-nâ-á，**菜籃**），腳步輕輕不敢驚擾襁褓中的孩子，就往**鬧熱**（lāu-jia̍t，**熱鬧**）的菜市場而去。

買菜，是一種宏觀的策略，先預擬要煮的菜色，然後去**菜市仔**（tshài-tshī-á，**菜市場**）備料。得盤算買菜的路徑，更要撙節金額預算，最怕遇到好貨色，陷入天人交戰……

根本是一場戰爭。

追隨鬥志高昂的家庭主婦們，我衝入菜市場戰區，前鋒戰線是**菜架仔**

（tshài-kè-á，**菜攤**）。當然要買青翠完整的，挑選的訣竅很多，我這個外行的煮夫隨性而為，看對眼就好：高麗菜、蘿蔔、蕃薯葉、苳蒿、**蕹菜**（ìng-tshài，**空心菜**）、**菠薐仔**（pue-lîng-á，**菠菜**）、**瓜仔哖**（kue-á-nî，**小黃瓜**）……我隨手一捉問老闆：

這按怎賣？（這怎麼賣）

蔬菜的形態與名稱比較突顯，算簡單的。若買肉，學問就大了，雞鴨各部位因特徵明顯，一般人都會說。**豬砧**（ti-tiam，**豬肉攤**）就很幽微了，豬頭、豬腳好認，**三層肉**（sam-tsân-bah，**五花肉**）我也會，但里肌肉、腰內肉、松阪肉怎麼分？若深入**腹內**（pak-lāi，**內臟**），阿聰更是不及格。所以，我採取笨人求生法，巴著某一攤的老闆，每天買每天請教，逐步累積肉類知識。

然而，阿聰認為，海底生類的學問是最複雜的，不要說去漁市場，一般市場的魚攤，固定會販賣幾種常見魚類，但只要超出範圍就很難辨認，有時候連魚販也說不上來，反正，**海產**（hái-sán，**海鮮**）新鮮就好！

繞過服飾店、雜貨店與豆類加工品，當然不能漏掉**果子擔**（kué-tsí-tànn，**水果攤**），光排列、顏色、香氣，就是視覺與嗅覺的享受。有時得靠觸覺來判斷，亂摸一通恐怕會讓店家翻白眼，所以經驗最重要。要選購甜又**飽水**（pá-tsuí）的水果：西瓜、蘋果、木瓜、荔枝、蓮霧，大家都會說，**王梨**（ông-lâi，**鳳梨**），**弓蕉**（king-tsio，**香蕉**），**菝仔**（pua̍t-á，**芭樂**），台文是這麼寫的，但水果最難的是量詞，一根香蕉是一**莢**（ngeh）、一串蕉是一**枇**（pî），一串葡萄就要說一**葩**（pha）……。

這就是菜市場，沉澱於台灣社會的最底層，累積著時間，洋溢感動，更是一本讀不完的百科全書。要學好這堂菜市場學，得常常跟老闆**交關**（kau-kuan，**買賣惠顧**），透過購買行為來學習，真是銀貨兩訖啊！

但這都不是重點，菜市場的真理，在老闆拿去秤重價錢一喊出來之時，精明的顧客隨即**出價**（tshut-kè，**講價**）：

算較俗咧！（算便宜些啦）

引爆一場假交情、真廝殺的價格戰！菜市場就是戰場，是天天上演的勾心鬥角，以戰養戰，許多人練就了殺手級台語！

家庭煮夫的特質，就是花最多的錢購入CP值最低的菜，用最多的鍋具煮最焦黑的餐。待孩子斷母奶，太太比較有餘裕了，積怨已久的她斷然奪走廚房，開始掌勺，阿聰我卸下煮夫重責，回復光吃不煮身份，只能乖乖吃、吃光光，而且，回應只能有兩個字：

好食（好吃）！

【語詞筆記】

菜籃仔（tshài-nâ-á） 菜籃。	**鬧熱**（lāu-jia̍t/lia̍t） 熱鬧。
菜市仔（tshài-tshī-á） 菜市場。	**菜架仔**（tshài-kè-á） 菜攤。
菠薐仔（pue/pe-lîng-á） 菠菜。	**蕹菜**（ìng-tshài） 空心菜。
瓜仔哖（kue-á-nî） **娘仔瓜**（niû-á-kue） 小黃瓜。	**豬砧**（ti/tu-tiam） 豬肉攤。
三層肉（sam-tsân-bah） 五花肉。	**腹內**（pak-lāi） 內臟。
果子擔（kué-tsí-tànn） **水果攤**（tsuí-kó-tànn）	**海產**（hái-sán） 海鮮。

王梨 （ông-lâi） 鳳梨。	**弓蕉** （king/kin-tsio） 香蕉。	**菝仔** （pua̍t/pa̍t-á） 芭樂。
飽水 （pá-tsuí） 飽含水份。	**出價** （tshut-kè） 講價。	**交關** （kau-kuan） 買賣惠顧。

超貼心超商

阿聰我常到台灣各地採訪，踏查中途累了，就到便利超商買罐飲料，擇靠窗的位置，休息一下。

早期的台灣，**簐仔店**（kám-á-tiàm，**雜貨店**）是在地生活的中心，販售的不只是日用品，還是資訊與人情味的集散地。現在，時代進化為乾淨明亮、選擇多樣有冷氣可吹的便利商店，有人說**超商**（tshiau-siong），簡稱 7-11 為 **SEVEN**（sé-bùn），甚至有人認為這兒應有盡有，是座小遊樂園，就叫**迌迌簐仔店**（tshit-thô kám-á-tiàm），台灣人真有創意啊！

靠窗處，是觀察人生的最佳位置，坐在我旁邊的，有討論公事的上班族，準備去補習的學生，更有人在此解決三餐。塵世下課十分鐘，幸有此角落收容，人生得以偷閒。而在店內忙進忙出的，從籤仔店時代的阿媽阿公，換上制服，搖身一變為動作俐落的少男少女！

無論時代如何變化，櫃檯人員總要面對形形色色的人，辛苦的超商店員，除了華語、英語，當然得內建台語。

那是個駝背老阿媽，杵著拐杖，走到櫃檯前，隨即傳來女店員親切的招呼聲，阿媽問：

幾箍銀？（多少錢）

老阿媽耳背，店員的回答聽不清楚，索性掏出一百塊，再問一次。

「等一下，我找錢給你。」女孩轉為華語，打開收銀機找零。

「啊！好矣！」自動門打開，阿媽步履蹣跚離開。

結完帳，我轉頭去觀察女店員，瀏海齊整、五官精緻，極具現代纖細感，推測是高中生，披上了制服，忙著將貨品置放架上。

我眼睛開始掃描，如同西方人稱讚的，台灣的超商什麼都有，什麼都不奇怪，冰櫃裡頭有各種**涼的**（liâng--ê，冷飲）：冷泡茶、運動飲料、可樂、**麥仔酒**（be̍h-á-tsiú，**啤酒**）等等。當然陳列各種**四秀仔**（sì-siù-á，**零食**）：餅乾、蜜餞、下酒菜等等。若肚子餓，這兒有**飯丸**（pn̄g-uân，**飯糰**）、便當、肉粽，更有泡麵、關東煮、肉包即熱即食。超商的服務當然不止如此，有報紙與雜誌，送件取貨，集點數換**尪仔**（ang-á，**公仔**），應有盡有。

超商女孩實在認真，忙著上架、結帳、招呼，應付自如。主要說華語，若遇到台語人，同樣應答如流，而且刻意講得標準，怕客人誤解。

這時，有對夫婦衝了進來，太太面有慍色，叫先生去買罐飲料，來到櫃檯問：

「偌濟錢？」（多少錢）

「二十箍，買兩罐再送一罐喔！」超商女孩回。

「免啦！我是欲換**零星的**（lân-san-ê，**零錢**）」先生說。

「敢愛**欶管**（suh-kóng，**吸管**）？」年輕女孩剛問，換太太插嘴了：

「卡片**入錢**（ji̍p-tsînn，**加值**）就好啦！」

原來，夫妻剛才要上公車前，手頭缺零錢，無法搭乘，只好來超商找零。

太太卻突然想起，他們有儲值卡，直接加值就好。

錯過上一班公車，飯局就要遲到了，夫妻在櫃檯前吵了起來：太太主張為了找零買飲料太浪費，加值就好；先生說早知道就開車去赴約，不必受限於公車，且儲值卡很少用啊！但太太覺得開車常找不到停車位，反而會耽誤時間，不如改坐公車……

超商女孩很無奈，後頭又有客人排隊等待，遂伸手拿樣商品說：「**樹奶糖**（tshiū-ling-thn̂g，**口香糖**）較省錢……」

驚世夫妻愣住了，猶如女兒出言排解父母糾紛，表情尷尬，很不好意思。

最後，卡也儲值了，飲料與口香糖全都買。自動門打開，夫妻去趕公車，超商女孩依然盡責地說：

謝謝光臨！

【語詞筆記】

箃仔店（kám-á-tiàm） 雜貨店。	**幾箍銀**（kuí khoo gîn/gûn） **偌濟錢**（guā-tsē/tsuē tsînn） 多少錢。
超商（tshiau-siong） **SEVEN**（sé-bùn） **迌迌箃仔店** （tshit-thô kám-á-tiàm）	**飯丸**（pn̄g-uân） 飯糰。
涼的（liâng--ê） 冷飲。	**麥仔酒**（be̍h-á-tsiú）， **日語發音「ビール」** 啤酒。
尪仔（ang-á） 泛指所有的人偶， 或專指公仔。	**四秀仔**（sì-siù-á） 零食。
欶管（suh-kóng） 吸管。	**零星的**（lân-san--ê） 零錢。
入錢（ji̍p/li̍p-tsînn） **加錢**（ka-tsînn） 加值。	**樹奶糖** （tshiū-ling/ni-thn̂g） 口香糖。

溫馨味麵攤

我嚴正懷疑，珍珠奶茶的客製化精神，來自巷子口的那家麵攤。

去買手搖杯時，店員總細心的問你：甜度如何？正常或是少冰？去冰？最後定會問要不要**橐仔**（lok-á，**袋子**）？

服務是如此貼心細膩，看似新式的作法，我猜是源自傳統。

你只要鑽入小巷，靠近熱氣騰騰的攤車，老闆就會熱情說：「人客！來坐！」欺身近一點，表情熟膩些，老闆就會問你：意麵？油麵？米粉？粿仔？你要湯的或乾的？在這兒吃？或是**包起來**（pau--khí-lâi，**打包**）。

意麵有時分**大細條**（tuā-sè-tiâu），或說**闊的**（khuah--ê）、**幼的**（iù--ê）。有些客人害怕添加物，言明了不要味精，有些人害怕**豆菜**（tāu-tshài，**豆芽菜**），韭菜，更害怕**芫荽**（iân-sui，**香菜**）。

菜點好了，找位子坐下，絕大部分的現代人是反射性地掏出手機，透過網路神遊異域他方，忽略了身旁那精彩的動作片。像我，總痴情地望向攤車，不是飢腸轆轆巴巴瞪著，而是欣賞老闆用光陰雕琢出來的勞動身影。

只見湯頭滾沸，蒸氣騰冒不已，迅雷不及掩耳下麵。那火候的拿捏，汆燙時間長短，可是一門深奧的藝術。只見老闆手拿**麵摵仔**（mī-tshik-á，**俗稱的切仔**），起鍋後上下抖動瀝去多餘湯水，那動作的角度、次數、大小，可關乎麵的軟爛與口感，完成此大家熟知的**摵仔麵**（tshik-á-mī）。

淋上肉燥、油蔥、醬油或麻醬，有時僅拌豬油與肉片。無論如何，**鹹**

汫（kiâm-tsiánn，**味道**）得要保持一致，延續此麵攤讓客人一來再來的悠長滋味。

這時，**走桌的**（tsáu-toh-ê，**侍者**）就端上來了，定要加點小菜，俗稱的**烏白切**（oo-pe̍h-tshiat，**小菜**），這可是流淌著肉與菜的豐饒之地，少則豆乾滷蛋，多的話可達數十種，反客為主，為小菜而吃麵。

人說眾口難調，麵攤好吃難吃，多取決個人之喜好。不過，一家盈溢人情味的麵攤，人人都喜歡，**歇喘**（hioh-tshuán，**暫時休息**）時跟老闆聊個兩句，可以探知這附近的**市草**（tshī-tsháu，**市況**），更不要說八卦新聞……通常，用餐時間**沖沖滾**（tshiâng-tshiâng-kún），但你若問生意如何，老闆都會說普普，台語就是**花花**（hue-hue）啦！

人性就是這樣，有時非食物本身的味道，而是四周氛圍讓人覺得溫馨美妙。你最愛的那間麵攤，通常伴隨著從小到大的記憶，與家人共處的時光，陽光雨絲相伴隨。尤其人在外地，特別思念那碗簡單、素樸的一碗麵。

所以饞蟲與思念交纏時，就去麵攤惠顧，溫習一下味道，刷刷舌頭的存在感，尤其是像你這樣的**主顧**（tsú-kòo，**熟客**），老闆總是笑容滿面、萬分慇勤。

完食滿足後，舔舔舌頭，摸摸肚子，付帳順道慰勞辛苦的老闆，大聲喊出：**勞力**（lóo-la̍t，**辛苦了**）。

【語詞筆記】

橐仔（lok-á）
袋子。

包起來（pau--khí-lâi）
包轉去（pau--tńg-khì）
打包。

大細條（tuā-sè/suè-tiâu）
麵條大小。

闊的（khuah--ê）
寬麵條。

幼的（iù--ê）
細麵條。

芫荽（iân-sui）
香菜。

豆菜（tāu-tshài）
豆芽菜。

市草（tshī-tsháu）
市況。

麵摵仔（mī-tshi̍k-á）
煮麵時用來撈麵的器具，過去大多為竹製，現在則多用金屬製作。

摵仔麵（tshi̍k-á-mī）
台灣的傳統麵食。

鹹汫（kiâm-tsiánn）
本義是「鹹淡」，引伸為「味道」之義。

歇喘（hioh-tshuán）
喘口氣，短暫休息。

走桌的（tsáu-toh--ê）
負責端菜招呼客人的跑堂、侍者。

沖沖滾（tshiâng-tshiâng-kún）
生意興隆。

烏白切（oo-pe̍h-tshiat）
小菜。

花花（hue-hue）
還可以，平淡。

主顧（tsú-kòo）
老主顧（lāu-tsú-kòo）
主顧客（tsú-kòo-kheh）
熟客。

勞力（lóo-la̍t）
辛苦了！感謝啦！

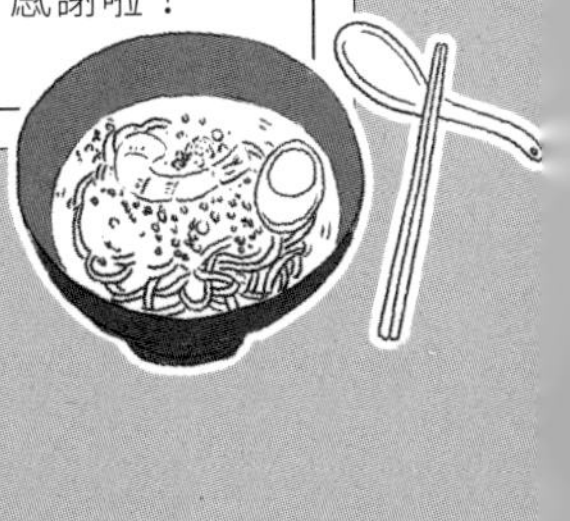

聽魯蛇訓話

成家立業前，阿爸常把我抓去聊天，談些人情世故，分析時勢，發抒個人情懷。其終極目的，無非是要「指導」我，走他認為該走的人生道路……而且，結語都一樣：

較**巴結**（pa-kiat）咧！

這句金言，我從小聽到大，聽到耳朵長繭，疑惑卻越來越大。為何阿爸特別叮囑，做人得阿諛奉承？尤其是，我自詡為文學青年，孤傲特立，對於俗媚不屑一顧，阿爸真的很故意，竟要我去拍別人馬屁，**扶**

挺（phôo-thánn，**奉承**），我最痛恨那種人了！

人生就是一整個荒謬。進入社會後我擔任編輯工作，說話需圓滑，處世得八面玲瓏；成為作家後，絞盡腦汁引導大眾進入文學的世界；身為兩個孩子的爸，得動用一切低能的動作言語，去討孩子的歡心……最終，我竟成為我最痛恨的那種人！

直到我回頭去研究台語，才發現，阿爸我錯了！你兒子阿聰理解錯誤，你說的巴結，意思是**拍拚**（phah-piànn，**努力上進**）！

這就是世代差異，我們的語感不同，時代處境也殊異。阿爸的奮鬥期正值台灣經濟起飛，奉行是發展主義，那時只要**骨力**（kut-la̍t，**勤勞**），人人可賺大錢，主打歌是風靡海外的〈愛拚才會贏〉。

輪到我進社會工作，不能像學生時代那樣**激外外**（kik-guā-guā，**置身事外**），得振作精神，獨立維生。時間來到二十一世紀，別說台灣的經濟，全世界青年就業率都跌到谷底。文組畢業生工作更難找，我的第一份差事，只在前三個月拿到薪水，公司營運停擺，同事紛紛離職，債主盈門，親眼目睹經濟崩壞的現實。但我沒有因此**失志**（sit-tsì，**失意**），反正青春有的是時間，在困境中更要勤奮努力，好不容易掙得位置，擁有自己的小小天地。

阿爸的時代，男生得要有**腳數**（kioh-siàu，**膽識**），角色設定是男子漢，為家庭、為社會、為國家來奮鬥。我是六年級世代，生活環境較為寬裕，有自私自利的餘裕，但求獨立自主，自我實現，至少是個**跤數**（kha-siàu，**角色**）。

然而，比我更年輕的世代，環境雖更安全穩定，發展的空間日益窄隘，慢慢孵出魯蛇（loser）這個名詞，台語說**無出脫**（bô tshut-thuat，**沒出息**）。這是世代剝奪、全球化失衡的現況下，年輕人一種無可奈何的託辭。

於是往勵志面跑，去追逐「五月天式」的熱血；向耽溺面沉，是「草東沒有派對」的頹廢與悶。

話到此，完了，我跟我阿爸一樣，也開始老生長談**踅踅唸**（sėh-sėh-liām，**喋喋不休**）！

而我也曾是一尾魯蛇，留長髮裝頹廢的文科學生，跟飆車族雖走不同路，卻在平行的生命空間中，吶喊撞擊。半夜猛然醒來被捉去訓話，茫然看著眼前那位老頭子，從農村的小學畢業後被迫到都市謀生，是隻**師仔**（sai-á，**學徒**），除了過年回家外都被關在工廠中，跟著**師傅**（sai-hū，**師父**）學技術，眼看同輩都賺到錢了，心急的他多次逃離工廠，想另謀生路。無可奈何跟著農耕隊，頂著大太陽從屏東一路往北收割稻穀，實在熱得受不了，再度逃離，逃啊逃無處可逃，只好乖乖回到工廠，沒想到，拚出了自己的事業……。

魯蛇也會世代交替的。

逃離是為了追尋，追尋看似沒有止盡，最後總會找到自己的位置，在這個競爭殘酷的社會，**徛起**（khiā-khí，**立足**）。

【語詞筆記】

骨力（kut-la̍t）
勤奮上進。

拍拚（phah-piànn）
努力、積極。

巴結（pa-kiat）
有兩種意思，一是上進努力；二是奉承拍馬屁。

激外外（kik-guā-guā）
裝出一副事不關己的樣子。激，假裝。外外，漠不關心、置身事外。

扶挺（phôo-thánn）
拍馬屁、奉承。

失志（sit-tsì）
灰心喪氣。

腳數（kioh-siàu）
表示某種身分地位，引伸為人的膽識。

跤數（kha-siàu）
角色、傢伙。

無出脫（bô tshut-thuat）
沒出息，沒有成就。

踅踅唸（se̍h-se̍h-liām）
喋喋不休。

徛起（khiā-khí）
立足。

師仔（sai-á）
學徒。

師傅（sai-hū）
師父。

06

神妙之歌曲

一首歌，何止影響一個人，還會改變一整個時代。

彼時，我還在西子灣的中山大學讀書，某個悶熱的中午，獨自在宿舍的附屬餐廳吃飯。最怕自助餐的我，竟拿起夾子，將一格格飯菜夾入一格一格的餐盤中，那天應是走頭無路了，被溷濁的飯菜味籠困……。

就在此時，從立地式的大型音響裡頭，流淌出清涼、超凡的音樂，真**雅氣**（ngá-khì，**優雅**），我放下筷子，被音樂全然吸入。幸好，廣播主持人相當盡責，再介紹了一次：剛才各位聽到的，是陳明章的〈下晡的一齣戲〉。

彼時，江蕙〈酒後的心聲〉的風塵味如日中天，陳明章悠悠吟唱時間之傷逝，讓孤高哀愁的我找到了寄託：

> 天色漸漸暗落來，烏雲伊是按佗來？

大雨欲來的清涼，是天地間最美的期待，烏雲遮蔽了光線，孩子不擔心也不害怕，反倒對烏雲的來處感到好奇：按佗來，這個詞是**按**（àn，**從**）加**佗位來**（toh-uī-lâi，**哪裡來**），烏雲是從哪裡來的呢？盈溢童真好奇與想像力。

孩子手腳飛奔，要去聽歌仔戲了，這個悶熱的午後，下起了**毛毛仔雨**（mîng-mîng-á-hōo）：

> 踏著恬恬的街路，雨哪會變做遮爾粗……

滿懷期待去看戲，街道**恬靜**（tiām-tsīng，**安靜**），一轉眼，風狂雨驟，雨水嘩啦嘩啦打在戲臺的帆布上頭，底下看戲的人一哄而散，廟埕頓時空蕩蕩，滿懷期待的熱鬧歡騰竟被午後的**西北雨**（sai-pak-hōo）打散——多麼像我青春時的心境，童年的純真遠逝，面對課業的壓力與成長的殘酷，遲遲無法接受，尋尋覓覓那新的歸屬，往往落空：

> 下晡的陳三五娘，看戲的人攏無……

我對《陳三五娘》有印象，似乎是頗受歡迎的歌仔戲齣，但到底演什麼呢？我不知道，沒有人看戲，只有我一個人傻傻地堅守著，在戲棚下堅持著，堅持著童年，堅持那虛無縹緲的理想，走在文學這條路，真**孤單**（koo-tuann）。人群走散趨集往那新時代的摩登船來而去，只有我，守著這**拋荒**（pha-hng，**荒廢**）的傳統：

台跤無一聲好，台頂是攏全雨……

餐廳廣播偶遇之後，我立即衝去買《下晡的一齣戲》專輯。翻開CD小冊子，陳明瑜作詞，陳明章作曲，林暐哲與李欣芸編曲，序奏拉出細長神音，接續悠緩的撥紘，引領我步入歷史的迴響，開始去探尋台灣的歷史、文化、生態、建築、音樂……

在那同期，水晶唱片是我最忠愛的品牌，從朱約信、紀淑玲、雷光夏，再到潘麗麗、路寒袖、詹宏達的黃金三角，共同製作《春雨》、《畫眉》、《往事如影．冬至圓》，張張是經典。台語歌就該如此**幼路**（iù-lōo，**細膩**），盈溢人文關懷，這才是理想的台灣啊！

時間一跨二十年，許多歌手風流雲散，陳明章依然在台上吟唱，我也走在文學的路途，持續追尋台灣的歷史。在過程中，不斷遇到同好，都在各自的寂寞中遇見陳明章，有〈下晡的一齣戲〉陪伴，人生的路途雖艱難，幸有神妙的樂音導引往前。

一首歌，不止影響一個人，也影響一整個時代，台語歌的新人文，將持續傳唱下去……。

【語詞筆記】

雅氣（ngá-khì）
優雅。

按（àn）
自、從。

佗位來（toh-uī-lâi）
哪裡來，合音唸作 tuē、tueh。

毛毛仔雨
（mn̂g-mn̂g-á-hōo）
毛毛細雨。

恬靜（tiām-tsīng）
安靜。

西北雨（sai-pak-hōo）
獅豹虎（sai-pà-hóo）
午後雷陣雨。

孤單（koo-tuann）
孤單。

拋荒（pha-hng）
荒廢。

幼路（iù-lōo）
細膩。

運動來減肥

人過三十歲，就要開始跟體重對抗，我與我自己奮鬥的主舞台，都在那一塊小小的**磅仔**（pōng-á，**體重計**）。

發胖初期，多少有點擔憂，但宴飲酬酢、放縱揮霍，還有那名之為「幸福」的藉口，讓人忽略漸寬的肚圍與疊層的下巴肉。發福的人，總會對自己的身材灑點幽默感，笑笑自己說沒什麼，日子點點過，體重數字暗中點點增加。

痛過才知慘，當阿聰我**腰痠背疼**（io sng puē thiànn），體力不濟，看到自己的全身照，東邊一塊凸，西邊一坨垮，真是慘不忍睹。再瞥見新聞報紙恐嚇三高疾病，簡直心臟病，健康檢查一堆紅字，**虛身荏底**

（hi-sin lám-té，**身體虛弱**），減肥行動不得不行！

若非醫生建議，減肥藥絕對不可吃，唯運動最可行。

第一步，是找朋友來球類競技，企圖喚回年輕時的自由奔放：籃球、排球、桌球、羽毛球、**跤球**（kha-kiû，**足球**）、**網仔球**（bāng-á-kiû，**網球**）等等，但這得有球友，有時候很難湊齊，三天打魚兩天曬網，運動量也不足。

接下來，阿聰進入諮詢模式，四處請教：有人**騎跤踏車**（khiâ kha-ta̍h-tshia），**泅水**（siû-tsuí，**游泳**），或繳會費去健身房找跑步機啊！有氧拳擊啊！飛輪啊！或建議先去運動用品店買時髦的鞋子，特殊材質的透氣伸縮衣，下載ＡＰＰ監控每日運動量。

也有朋友帶著我走向大自然，**跖山**（peh-suann，**爬山**），阿聰我進入深山峻嶺，一整個早上大汗淋漓，沐浴在芬多精中，吸飽了新鮮空氣，以為體重會掉下來……沒想到，一位同行的健身帥哥冷冷說：只有脫水效果啦！

兜兜繞繞到最後，阿聰選擇了孤獨：**走標**（tsáu-pio，**跑步**）。

剛開始，跑幾百公尺就上氣不接下氣，跑一個黃昏休息一個禮拜，若非有運動的底子，慢跑初期真是生不如死。而且，每次跑之前會萌生心理壓力，得要克服惰性、天氣不佳與應酬邀約的誘惑。

每周運動至少三次，每次三十分鐘以上，心跳速率需達每分鐘一百三十下以上，「運動333」要達標，真的不簡單。

脂肪的對立詞是肌肉，慢跑的同時，也需鍛鍊肌耐力，我會做伏地挺身、仰臥起坐……但無論哪項運動哪種方法，運動健身必備的關鍵字是：**慣勢**（kuàn-sì，**習慣**）。

習慣的養成，正面立論是持之以恆，負面來看，就是一陣子沒運動就會覺得精神不濟，滋生黑暗的念頭。然而，阿聰每天努力激烈運動，練得昏天暗地，站在體重計上，數字竟然增加！

太太冷冷地說，運動後飲食不節制，大吃大喝，肯定變胖！

儉喙（khiām-tshuì，**少吃節食**），也就是適當的節食，營養均衡，是比運動更有效的**撇步**（phiat-pōo，**訣竅**）。菸、酒與垃圾食物定得戒除，更重要的是，早睡早起，才不會想吃宵夜，或因生活作息不正常得靠美食來提振萎靡的情緒……

為了減肥，我享受到運動的美妙，腦內啡的分泌讓心情愉悅。慢跑的當下，我也在腦中整理工作進度，規劃未來，思考人生。

數字降得很慢，但降得很開心；漸漸能抵抗誘惑，往光明面奔跑而去。

減肥仍未成功，同志一起努力！

【語詞筆記】

磅仔（pōng-á） 體重計。	**腰痠背疼** （io sng puē thiànn） 筋骨肌肉痠痛。
虛身荏底 （hi-sin lám-té） 身體虛弱底子差。	**跤球**（kha-kiû） 足球。
網仔球（bāng-á-kiû） 網球。	**騎跤踏車** （khiâ kha-ta̍h-tshia） 騎腳踏車。
泅水（siû-tsuí） 游泳。	**𬦰山** （peh-suann） 爬山。
走標（tsáu-pio） 本義為平埔族的賽跑競賽，在此引伸為慢跑健身。	**慣勢**（kuàn-sì） 養成習慣。
儉喙（khiām-tshuì） 少吃節食。	**撇步**（phiat-pōo） 訣竅、好方法。

手機死掉了

我的手機死掉了，沒被偷，也沒掉入馬桶，單純沒電，像木乃伊。

打內線電話給旅館的服務櫃檯，問有沒有哀鳳（i-phone）充電器。服務人員們演了齣戲，假熱心討論想辦法，結果是：只有其他品牌，沒有蘋果哀鳳。

再追問：三更半夜要去哪兒充電？

電話另一頭就沉默了……

掛上電話。沮喪、我非常沮喪，是有帶隨身電源沒錯，卻忘了連接線。起身翻找電腦、電燈、電視的線頭與**插頭**（tshah-thâu），統統不相容。

轉個念頭，想說這樣也不錯，我可以讀讀書、寫寫字，去外頭買燒烤或鹽酥雞宵夜——不行不行，我已胖得出油，該做點體操訓練一下核心肌力滿身大汗後洗澡，然後整理行李……或什麼都不做，沉澱心靈，思考我這渺小短暫的人生。

真的什麼都沒做，只是躺在床上看電視，**捘**（tsūn，**轉動**）遙控器，從第一台轉到很後面的一百多台。台灣的電視頻道真是豐富啊！有新聞、戲劇、綜藝、政論、行腳、運動、摔角、宗教等等，繞頻道三匝，實在太無趣，**切掉**（tshiat-tiāu，**關掉**）。

不死心啊！不死心！再把手機挖出來，螢幕一片黑，怎麼**揤**（tshih，**按**）就是沒反應。

算了，洗澡去。

蓮蓬頭水聲淅瀝，洗得滿頭泡沫，我彷彿聽到手機正在**鈃**（giang，**響**

起），趕緊衝回床上……都沒有，什麼都沒有，身子溼淋淋，只剩下幻聽。

索性將房間的燈全關掉，想說早點睡明天起大早去尋充電器。眼睛閉上，聽到冷氣低鳴的送氣聲，這時若有音樂該多好，可以舒緩出差在外的不安。然而，我喜愛的歌手、專輯、音樂，全遭手機掌握。

猛然感覺**振動**（tín-tāng，**震動**），擔心是家裡有事打來，該去找公共電話投幣回電嗎？

啊！要是有手機多好，睡不著的時候，可以上網，看**面冊**（bīn-tsheh，**臉書**）最新動態消息，**揤讚**（tshih-tsán，**按讚**）、**留話**（lâu-uē，**留話**）、**分張**（pun-tiunn，**分享**）。不知 Line 會不會有人傳訊息給我，有突發的意外事件怎麼辦？電子信箱還有多少信沒回？

要如何度過漫漫長夜？

以往出差在外若睡不著，我就**拍電動**（phah tiān-tōng，**打電動**）消磨時間。這遊戲打膩了，就上ＡＰＰ下載，將程式**搝落來**（giú-lo̍h-lâi，**下載**），打到眼睛痠澀、睡意襲來，順著倦意滑入夢鄉。

就在此刻，才發現我離不開手機，根本是中毒了。沒手機的我產生負面情緒：焦慮、不安、煩憂、恐慌，真的是離不開手機，**剝袂開**（pak bē khui，**離不開**）。哀！這就是現代人的文明病，有它很好，沒它就會引發一堆要死不死的症狀，譬如：失眠。

明早還有重要的事啊！可不能精神不濟啊！我還有幾個小時可以睡呢？反射動作起手式，往手機那兒摸去，冷冰冰！驚醒！悲哀啊！早習慣用手機來定日、定時、定分，才知今夕是何夕。且用地圖功能來為自己定位，藉天氣功能決定明天穿什麼衣服。計算機取代了算術能力，健康ＡＰＰ比肉身更敏銳，照相錄影猶如寫日記，錄音有時為了保護自己……幽閉的房間，異鄉的旅館，我開啟手電筒功能，就像在演唱會茫茫人群中，證明自己的存在……

我有多久沒戴手錶了？去哪裡找時間呢？電視新聞角落有顯示，一秒一秒隨著主播的口條跳動；床畔有**亂鐘仔**（luān-tsing-á），我得要**寄時間**（kià sî-kan）免得睡過頭。

抛開手機，該如何為自己定時定位？

拉開旅館的窗簾，窗外是擁擠密簇的城市，高樓最頂端，報時鐘在漫漫黑夜閃耀。

我用我的雙眼為時間定位，時間則用紅色的斗大數字，為我的失眠定調。

【語詞筆記】

插頭（tshah-thâu）
插頭。

捘（tsūn）
扭轉，轉動。

切掉（tshiat-tiāu）
關掉（kuainn/kuinn-tiāu）
禁掉（kìm-tiāu）

揤（tshi̍h/ji̍h）
按、壓。

鈃（giang）
鈴聲響起。

振動（tín-tāng）
震動。

面冊（bīn-tsheh）
臉書。

揤讚（tshi̍h/ji̍h-tsán）
按讚。

留話（lâu-uē）
留言。

拍電動（phah tiān-tōng）
打電動。

分張（pun-tiunn）
分享。

摸落來（giú/khiú--lo̍h-lâi）
下載。

亂鐘仔（luān-tsing-á）
鬧鐘。

剝袂開（pak bē/buē khui）
難分難捨。

寄時間（kià sî-kan）
設定鬧鐘時間。

無的確阿伯

基隆火車站旁，曾有的中山陸橋下，我點了一碗素白乾麵，搭配薑絲鴨肉湯與燙青菜，**菜櫥**（tshài-tû）內的盤子上，整齊排列三尾魚（好似張萬傳的畫），我好奇問：

彼啥物魚（那是什麼魚）？

硬尾仔（ngē-bué-á）。

我一臉疑惑。此時，坐在我身旁的阿伯說話了，說那是種**巴郎**（pa-lang），又像**四破**（sì-phuà），肉質很鮮美喔！

我稱讚阿伯的博學，他靦腆地笑笑說沒什麼。他人就愛釣魚，南來北往到處釣，然而魚兒百百種，很多魚種他沒看過也叫不出名稱……

還以為阿伯是基隆人，想不到是從台北士林來的，本來要去北海岸的富基漁港，坐錯車來到基隆，餓了，遂找家麵攤充饑。

阿伯也點了碗薑絲鴨肉湯，嚷嚷說肉太硬了，咬不動，轉頭說他七十八歲了，老早就退休，每天就是往外頭跑，至於去哪裡呢？

無的確（bô-tik-khak，**不一定**）。

也就是，無的確阿伯每天搭車漫遊，到士林的客運站轉車，或大橋頭一千塊打死的遊覽車進行 Day Tour，晚上一定會回家。

我稱讚他很懂得享受生活，每天**抛抛走**（pha-pha-tsáu，**四處亂跑**），難怪身體這麼硬朗。

斜背小包包的阿伯就把運動帽摘下，說：我曾中風。

他從**椅條仔**（í-liâu-á，**長板凳**）站起，動作輕鬆自如，講話反應還算敏銳，看不出中風的後遺症。

無的確阿伯回憶道，某日他去陽明山菜園耕作，突然覺得很不舒服，知道要出事情了，趕緊請人載他去醫院，診斷是中風。出院後，頭腦常渾沌不明，開車到一半，下巴乏力竟就掉了下來，左手掌繃緊，得用右手一根一根把手指扳開。

現在，他每日搭公車客運到處亂跑，猶如復健，後遺症不藥而癒。

講著講著，阿伯將麵嚼完，付了錢起身看似要走……又側坐回來，從小包包抽出菸來，點火吐息。

他說到這把年紀，什麼都沒有了，只剩下抽菸這個「興趣」……話題一轉，開始苦勸我年輕時要多存點錢，不要亂花，否則老來會慘兮兮。我問他：

是與佗一味（什麼讓你沉迷）？

無的確阿伯就開始細數人生荒唐史，說以前做生意賺到錢就去賭博，壞習慣全都有，導致四十歲才結婚等等……台灣男人的浪蕩史我聽太多了，據經驗判斷，阿伯應該沒有傾家蕩產，及時踩剎車，將興趣轉至釣魚，一樣要花錢，一樣是機率問題，他將多年的心得化作金玉良言：

釣魚袂輸跋筊，釣魚較贏跋筊。（釣魚猶如賭博，釣魚更勝賭博。）

全台各地海岸他幾乎都釣過，也曾搭船去離島澎湖……釣著釣著到了人生的末尾，這項「興趣」讓他口袋空空、兩袖清風。

有那麼嚴重嗎？

阿伯說：過去他口袋若有個四、五萬塊，拿起釣具開車就出發，釣到剩兩、三千塊時才回家。

可以釣一個月。

阿伯再勸告了一次，叫我年輕時要多存點錢，不要像他這樣……然後，緩緩走向對面的公車站，往下一站而去。

至於要去哪裡呢？

無的確。

【語詞筆記】

菜櫥
（tshài-tû）
置放飯菜或碗盤的櫥櫃，大小形制差異很大，是早期台灣很普遍的廚房傢俱。

硬尾仔
（ngē-bué-á）
教典請查巴郎（pa-lang），又與四破魚（sì-phuà）相似，差別都很細微。

無的確
（bô-tik-khak）
比不一定（bô-it-tīng）更漂亮的台語。

抛抛走
（pha-pha-tsáu）
到處亂跑。

椅條仔
（í-liâu-á）
台灣早期到處可見的木製長板凳。

興（hìng）：愛好、嗜好，興佗一味，此話意思是「沉迷於哪項興趣」？通常用於不良嗜好。

釣魚袂輸跋筊，釣魚較贏跋筊（tiò-hî bē/buē-su pua̍h-kiáu，tiò-hî khah iânn pua̍h-kiáu）：釣魚就像賭博，得靠機率與運氣；釣魚這項興趣，比賭博好多了。你也可順此造句，例如：「減肥袂輸戰爭，減肥較贏戰爭」。袂輸（bē/buē-su）：好比、好像。較贏（khah iânn）：勝過。

計程車物語

在台灣，計程車運載的，不只是乘客，還有一則則鮮活的故事。

受日語影響，台語稱計程車司機為**運將**（ùn-tsiàng），阿聰最喜歡跟他們聊天了，聽過好多好多鬼怪靈異事件。運將說，夜半在聲色場所載客，最怕酒鬼嘔吐；更不要以為運將都很兇，他們常被騷擾，甚至收不到錢，還有被搶劫的……。

運將真命苦。

安全帶**縖起來**（hâ-khí-lâi，**繫起來**），我聽聞許多深刻的人生道理、政治評論、家庭苦水，甚至有文青運將，耽溺在作家七等生虛無縹緲的文字流中……。

會不會載到同一個人？幾乎都有，甚至半天內載到三次，那位運將笑笑說，第三次索性就不收錢，緣分這麼深，千金難買。

運將的台語多很流利，又非常健談，簡直是移動的語言教室，我的所學所獲說不盡，有時聽聞底層人民的辛酸悲苦，真捨不得下車。

某次，在基隆火車站叫車，說要往八斗子，關上門，司機隨即衝出，熟練地轉彎，**掠車**（liàh-tshia，**超車**），閃過貨櫃車尾的尖銳方角，奔馳在基隆港東岸的中正路上。實在忍不住了，我打破沉默：

計程車走幾冬矣？（計程車跑幾年了）

基隆人就是溝通無礙，運將開始滔滔不絕：民國六十四年入行，新台幣三塊、五塊**抾客**（khioh-kheh，**招攬客人**）。當時，基隆中正路熱鬧萬分，尤其是正濱漁港，即一九三四年落成的「基隆舊漁會」附近，漁船一批入港就幾十艘，漁民幾百人，在中正路載客，一條路一天來來回回，可賺百多塊。

「彼時的中正路，真真正正的黃金路線。」司機如是說。

運將止不住汨汨回憶，說當時台灣經濟起飛，基隆港不僅商阜繁盛，黑道更忙著火拚。計程車最怕遇到尋仇打架了，招數是某人兩手空空來叫計程車，說要去他處載朋友，其實是糾集兄弟，一群人上車，二話不說就把武器丟到**後斗**（āu-táu，**後車廂**），前進決鬥現場，車門一開就衝去幹架。司機說這實在太危險，要是敵方以為計程車是同伙的，衝來砸車，要怎麼索賠啊!?

運將講得慷慨激昂，開車動作依然**扭掠**（liú-liàh，**熟練**），猶如反射動作。對他而言，基隆的每一面街景，每一條山路，每道轉彎，每處**青紅燈**（tshenn-âng-ting，**紅綠燈**），他過眼無數次，開了四十年，基隆於他，熟悉更甚家人。

這城市這工作這人生，已痲痺無感。

倒有件事讓運將很有感。

捉姦，老公要去捉老婆的姦。老公故意先出門，把它這台計程車攔了下來，在家附近伺伏。老婆果然溜了出來，鬼鬼祟祟的，計程車尾隨到某大樓，老婆快步鑽了進去，久久未出現。

老公沒闖進去捉姦，只是眼巴巴望著。兩個多小時後，老婆再度現身，老公也沒動作，叫計程車小心尾隨，回他們的家。

我好奇地問，在大樓外頭等那麼久，車資怎麼算？

跳表（thiàu-pió，**跳表**）。

我窮追猛打追問，在車裡頭等待，有跟那位先生聊聊天嗎？我想他內心一定很煎熬，至少要關心一下吧！

沒有，先生一句話都沒，冷肅望著大樓，兩人關在計程車裡，相對無言。

只聽到跳表的聲音：逼……逼……逼……。

【語詞筆記】

運將 （ùn-tsiàng）	來自日語「運ちゃん」，運轉手、司機。
絚起來 （hâ--khí-lâi）	繫起來，又說結起來（kat--khí-lâi）。
掠車 （lia̍h-tshia）	超車，若是惡性超車，就說剪車（tsián-tshia）。
抾客 （khioh-kheh）	指計程車或遊覽車的司機沿路招攬乘客。
後斗 （āu-táu）	後車廂。
青紅燈 （tshenn/tshinn-âng-ting）	紅綠燈，或說紅青燈（âng-tshenn/tshinn-ting）。
扭掠 （liú-lia̍h）	俐落、敏捷、熟練。
跳表 （thiàu-pió）	計程車照表計價。

講話真好勢

週末天氣嚴寒，**冷風霜雨**（líng-hong sng-hōo，**淒風苦雨**），照例載太太回娘家。一進家門，女兒們蹦蹦跳跳到飯廳，發現有位長者在座，是太太的姑姑，阿公要孩子叫她「姑婆」。

菜色真是**豐沛**（phong-phài，**豐盛**），阿媽也準備了孫子最愛的炒高麗菜、滷肉滷豆腐，還有香噴噴的白米飯，平凡最是幸福。圍繞著**食飯桌**（tsia̍h-pn̄g-toh，**餐桌**），女兒邊吃飯邊童言童語，姑婆就像其他的長輩，聽到孩子流利的台語，緩緩道出：

這囡仔的台語講甲真好勢。（這孩子的台語講得真不錯）

時下稱讚某人說話流暢，台語多用**輾轉**（liàn-tńg，**流利**），久沒聽到**好勢**（hó-sè，**妥帖**）此形容詞，心頭倍感溫馨。

尤其是，受到流行文化影響，「好勢」兩字被打入黑社會，淪落負面偏見，指利用武力或強迫的方式，將某人某事擺平，例如：「人我處理甲好勢好勢矣！」這個人，不是鼻青臉腫，就是被幹掉了……

我也跟姑婆閒話家常，不待說，其台語真是**紲拍**（suà-phah，**流暢**）。她一輩子都住基隆港畔，與雨都朝夕相處，港口到七堵的路途雖不遠，但對一位八十多歲的長者而言，真是頗費周章。作為基隆老市民，相當熟悉各式公共交通工具，對班次及其特性瞭若指掌。一早，便自己去**公車牌仔**（kong-tshia-pâi-á，**公車站牌**）等候，持敬老卡坐車到七堵，張開雨傘，走一段路來到岳父家。

讓年邁長者獨自前來，實在很過意不去。但姑婆說，七堵交通真**利便**（lī-piān），路途還算順暢。我的耳朵立刻捕捉到，她用的是「利便」，而不是被華語翻轉的「便利」，老一輩的語言，真是純正啊！

姑婆與我岳父這對姐弟，談起家族近況，誰誰誰考上哪間學校，誰誰誰換工作，誰去國外哪裡玩，但最主要的話題是**身苦病疼**（sin-khóo-pēnn-thiànn，**身體病痛**），語氣平淡，但我看姑婆的眼神，仍有許多心事隱忍著。

外頭雨勢越來越強，這次不能讓姑婆一個人，我也要回台北了，特地多繞路，載姑婆回家。

七堵**火車頭**（hué-tshia-thâu，**火車站**）是台鐵重要的轉運站，挖土堆高，上方騰出大片空地，底下留幾條**磅空**（pōng-khang，**隧道**），讓人車通行，讓我的休旅車穿越，從後站到前站，繞過七堵街中心，順台一線過大華橋，走八德路上高速公路交流道，鑽大業隧道就到台灣頭……

可能是快到家了，姑婆比較放鬆，道出她的煩惱，煩惱孫子長大了，**頭路歹允**（thâu-lōo pháinn ín），工作難找？就算有，**一月日**（tsit gue̍h-ji̍t）的收入也甚少……其用詞跟現下通行的殊異，這不是老派，語言本來就有其流暢與妥貼的聲韻與字詞，往往被強勢的外來語掩蓋，這樣的純粹，應該好好復原。

大彎曲的引道盡頭，基隆港就在前方，第一眼看到的，是優雅的高級郵輪，姑婆說：

大船入港。

是啊，應該是這樣說的，這是她的海港，停泊著雨絲與記憶的家鄉。子子孫孫搭著生命之船而來，故舊長輩乘船往遠方而去，甚至驟然離港……**歹船拄著好港路**，雨過總會天晴的。

海港一瞥，轉眼八十多年，這要怎麼說呢……

【語詞筆記】

冷風霜雨
（líng-hong sng-hōo）
凄風苦雨。

豐沛（phong-phài）
腥臊（tshenn/tshinn-tshau）
豐盛。

食飯桌
（tsia̍h-pn̄g-toh）
餐桌。

輾轉
（liàn-tńg）
流利。

好勢
（hó-sè）
妥帖、適當。

利便
（lī-piān）
方便。

磅空
（pōng-khang）
隧道。

紲拍
（suà-phah）
做事或說話流暢。

公車牌仔（kong-tshia-pâi-á）
公車站牌。

身苦病疼
（sin-khóo-pēnn/pīnn-thiànn）
身體病痛。

火車頭
（hué/hé-tshia-thâu）
火車「站」。

頭路歹允
（thâu-lōo pháinn ín）
允（ín/ún）意思是應徵，「頭路歹允」指工作難找。

一月日（tsi̍t gue̍h-ji̍t/ge̍h-li̍t）
一個月（tsi̍t kò gue̍h/ge̍h）

歹船拄著好港路（Pháinn tsûn tú-tio̍h hó káng-lōo）
劣船遇到好的航路，比喻本身狀況與資質或許不佳，若能把握機會，往後的發展就會一帆風順。

誠品有生物

來台北讀書就業定居，我最常光顧的場所是書店，尤其是文藝青年流連不去的誠品。

那天，在台大店的角落，竟聽到壁虎的叫聲：唧！唧！唧！

蟮蟲仔（siān-thâng-á，**壁虎**）？難道我聽錯了嗎！人說壁虎往北過了濁水溪就不會叫，生物學的解釋是品種不同——而我就是壁虎，來到台北，台語就講不順，真的很奇怪耶！

在嘉義鄉下，閒暇時我就去家後頭的田野晃遊，**粟鳥仔**（tshik-tsiáu-á，**麻雀**）密密麻麻在電線上停佇，田間翩翩的是**白翎鷥**（pe̍h-līng-si，**白**

鷺鷥），若在夜間，**暗光鳥**（àm-kong-tsiáu，**夜鷺**）冷不防從你身旁乍然起飛，在溶溶月光下展翅飛翔。

若走入草叢，最常見的是**草蜢仔**（tsháu-meh-á，**蚱蜢**），再往深處探尋，還有壯碩的**草猴**（tsháu-kâu，**螳螂**），同樣是夜晚，幸運的話會看到**火金蛄**（hué-kim-koo，**螢火蟲**）。

再野放些，脫掉鞋子入田溝，**四跤仔**（sì-kha-á，**青蛙**）撲通跳下水，過去天地乾淨無污染的時候，還有鱔魚、土虱，**鰗鰡**（hôo-liu，**泥鰍**）。但現在只剩下生命力強韌的生類，地面上有**狗蟻**（káu-hiā，**螞蟻**），地面下有**杜蚓**（tōo-kún，**蚯蚓**）。

來到台北大都會，我試圖將書店犁作田野，一格格的書架乃田疇，一本本的書宛如我發現的生類。田野隨四季變化，有風有雨有烈陽；但在書店內，空調將氣溫與體感控制在平均值，時時有音樂做背景，營造舒適的閱讀環境。

直到孩子出生，我才知道，書店是一間動物園。

尤其在孩子初具閱讀能力後，有事沒事全家就浸在書店中，從小培養文青的優良習慣。

學齡前孩子最愛的非動物莫屬，不過，多是動物園的品類，罕有我從小在田野跑跳遇到的生類。那也無妨，至少得繼承爸爸的語言遺產，於是用台語一一講解，最先是十二生肖，這是基本入門款：鼠牛虎兔龍蛇馬羊猴雞狗豬。

但遇到非洲來的動物，真的就一顆頭兩顆大，得要上網查找，才知道長頸鹿叫**長頷鹿**（tn̂g-ām-lo̍k），斑馬直譯叫**斑馬**（pan-má），讀著讀著，竟發現我的語言版圖崩陷了一大塊，許多常遇到的生物，竟然也要查字典，**田嬰**（tshân-enn）是蜻蜓，松鼠要叫**膨鼠**（phòng-tshí），蝸牛就是**露螺**（lōo-lê）……

更不要說分類更細，只有學名沒有俗稱的生物，大自然的生態實在太豐富了。不過，活著的並不難，最難的是消失在地球上的，第一次遇到恐龍兩字，我還真不會唸，就憑字直譯為 khióng-lióng，但遇到暴龍、翼龍、迅猛龍、異特龍、班比盜龍……我就啞然了。

難雖難，我仍要做個認真的爸爸，在誠品書店的親子角落，努力耕作一方田野，營造屬於我們的大自然。講著講著孩子就上小學了，她們對動物的興趣轉向卡通與故事書，但這城市內的田野仍在，是我們共同經營的動物園。

鄉村與城市縫合，大人孩子無差別，庄跤囡仔和文藝青年是同一個我。

終於，我成為那隻在誠品叫得響亮的壁虎：唧！唧！唧！

【語詞筆記】

蟮蟲仔（siān-thâng-á）
蟮尪仔（siān-ang-á）
壁虎。

長頷鹿（tn̂g-ām-lo̍k）
麒麟鹿（kî-lîn-lo̍k）
長頸鹿。

暗光鳥（àm-kong-tsiáu）
夜鷺。

草蜢仔（tsháu-meh-á）
蚱蜢，蝗蟲。

膨鼠（phòng-tshí/tshú）
松鼠。

火金蛄（hué/hé-kim-koo）
螢火蟲。

露螺（lōo-lê）
蝸牛。

恐龍（khióng-liông）
恐龍。

白翎鷥（pe̍h-līng-si）
白鷺鷥。

杜蚓（tōo-kún）
蚯蚓。

狗蟻（káu-hiā）
螞蟻。

鰗鰡（hôo-liu）
泥鰍。

斑馬（pan-má/bé）
斑馬。

田嬰（tshân-enn/inn）
蜻蜓。

草猴（tsháu-kâu）
螳螂。

粟鳥仔（tshik-tsiáu-á）
厝鳥仔（tshù-tsiáu-á）
厝角鳥仔（tshù-kak-tsiáu-á）
麻雀。

四跤仔（sì-kha-á）
水雞（tsuí-ke）
田蛤仔（tshân-kap-á）
青蛙。

數學好神牛

台灣各地的文具行與大賣場，入口處常「擺架子」，販賣學齡前孩子的作業本。尤以國語與**數學**（sòo-ha̍k）為大宗，美其名「提升孩子智力」，其實是要解決家長的期望焦慮。

但我家老大很喜歡寫作業，買回家興沖沖**算術**（sǹg-su̍t），寫了寫跑來問我，以下兩者有何不同？我一看，是**加**（ka）法：

三加二得五（3＋2＝5）

二加三得五（2＋3＝5）

女兒的疑惑絕對是老爸的責任，我順手取來孩子的黏土罐，她拿三罐是**奇**（khia，**奇數**）、我兩罐是**雙**（siang，**偶數**），然後小小乾坤挪移，換她兩罐、我三罐，總和同樣五罐，只是所屬與順序不同。

然而，若改成**減**（kiám）法呢？

三減二得著一（3－2＝1）

二減三得著？（2－3＝？）

大女兒的回答是：**空**（khòng，**零**）。

可見，孩子腦袋中還沒有「負數」，真的是很抽象的概念。這時，我再度使用黏土罐，在女兒手中放三個，說我這個客人若買兩罐，老闆你就剩下一罐。**假使**（ká-sú，**假設**）客人我要買三罐，錢先付，老闆你手中目前只有兩罐，所以就欠我這個客人一罐，這就是「負一」。

女兒竟然生氣了，說我才不要賣你這個爛客人，把照順序排列得整整齊齊的黏土罐搞得亂七八糟，爸爸你才「負一」啦！

在這樣的尷尬中，我若繼續使出**相乘**（sio-sîng，**乘法**），**除**（tû，**除法**），女兒保證翻臉：

三和四相乘得十二（3×4＝12）

用三去除十二得四（12÷3＝4）

只好說則故事賠罪。

嘉義有座遊樂園，名字真是鄉下，叫「農村文物公園」。位於國道一號水上交流道下的「水牛厝」，是寶島歌王葉啟田的家鄉。裡頭展示台灣早期農村的生活樣態與耕作器具。在爸爸我小時候，這座樂園最大的賣點，是會算術的「神牛」。

你若問神牛三加六等於多少？牠雖無法**拗指頭仔**（áu tsing-thâu-á），可會**頕頭**（tìm-thâu）九次，答案正確！

小女兒也跑來聽故事，興致盎然。

猶記得當時的我是個胖胖的小學生，笨笨的搶坐第一排，主持人手中的竹枝一點，叫我上台，先考考數學程度：

兩支甘蔗和三支甘蔗，加起來偌濟？

這還不簡單，想都不用想。說時遲那時快，主持人竹枝就來戳我的褲襠，問：

你下跤有幾支？（你下面有幾支？）

我臉瞬間潮紅，趕緊用手保護千金寶貝。

故事的發展完全照劇本演出，換我問神牛算術，連續三題，全部正解。

牛為何那麼神呢？疑惑一直存在我心中，到我長大當爸爸了，跟女兒們分析說：竹枝可能是掩護，主持人暗中戳牛屁股，戳幾下神牛便點幾次頭，其實是主持人在算術啦！

不如來玩神牛遊戲，實況模擬，看看此**推論**（thui-lūn）成不成立。

苦命的爸爸只能當神牛，手腳著地四肢趴著，將屁股翹高高，學起牛大叫：哞……。

小女兒負責出題目，主持人大女兒來算數，答案多少就戳幾次屁股，爸爸就點要幾次頭，題目是：200 加……

【語詞筆記】

數學 （sòo-ha̍k）	算術 （sǹg/suàn-su̍t）	空（khòng） 零。
＋ 加（ka） 添（thinn）	－ 減（kiám）	× 相乘 （siong-sîng）
÷ 除（tû） 分（pun）	＝ 得（tik） 得著（tik-tio̍h）	頕頭 （tìm/tàm-thâu） 點頭。
奇（khia） 奇數。	雙（siang） 偶數。	假使（ká-sú） 假設。
拗指頭仔 （áu tsíng-thâu-á） 拗折手指。	推論 （thui/tshui-lūn）	

2+3=?

辦公室風波

不需公投，不待學術研究，在辦公室，最累最煩的是什麼？

百分之百是「人」！

在職場奮戰，最怕遇到豬隊友，也就是難搞的傢伙，喔！這個台語同義詞超多的：**歹剃頭**（pháinn-thì-thâu）、**歹扭搦**（pháinn-liú-lák）……討厭一個人，台語有說不完的詞，最後就要爆粗口了（啟動三字經自動產生器）。

最討厭那種**捾一支喙**（kuānn tsi̍t-ki-tshuì），總有出不完的意見，但要他去執行，理由立刻如細菌滋生一萬倍：誰誰誰來做最好、傍晚要接孩子放學、頭髮痛要看醫生……而有些人就是**鐵齒**（thih-khí），固執不知變通，講了幾百次都沒有用，**袂參詳得**（bē tsham-siông-tit）……當然，一定有那種混水摸魚的同事，**摸飛**（moo-hui）、**拍茫**（phah-bâng），棘手與勞務事一冒頭，轉眼不見人。

擔任管理職的人，總是覺得底下的人**叫袂行**（kiò bē-kiânn）；屬下看長官，總是覺得他邏輯混亂、專做表面工夫，所以陳雷的歌才那麼紅：

今仔日風真透，頭家（老闆）的面臭臭，代誌嘛無講蓋大條，我聽講你嘛無蓋勢（gâu）……

但無論你處於哪個階級，擔任哪種職務，加班熬夜費盡心思好不容易完成任務後……成果還沒出來，就被挑剔批評炮轟，好委屈啊！好心痛啊！俗語立刻快遞到你心中：

做甲流汗，予人嫌甲流瀾！（吃力不討好）

這就是職場文化，有奮戰、有鬥爭、有挫折、有猜忌、有錢子、有百般的情緒……然而然而，人若**衰尾**（sue-bué），最怕聽到這句話：

代誌大條啊！（事態嚴重了）

此乃考驗人性與智慧的關鍵時刻，光明與醜陋同時出動！

這時候，謹記台語的智慧，將會帶領你從黑暗的隧道走向光明的彼端：

心頭掠予定。（沉著應戰）

這句話人人都知道，是如此平常的套語，反覆念誦一百次，先穩定軍心，再來處理 trouble。台語有許多理性且細膩的詞語，**斟酌**（tsim-tsiok）是小心，**頂真**（tíng-tsin）是細心，**拚勢**（piànn-sè）是用心，經過充分討論、全面的評估思考後，來拆解這顆麻煩炸彈，口訣是：

一步一跤印。（按部就班）

台灣人開車就是亂飆，到處是移動神主牌，網路讀到不爽就留言開幹，大聲**唱聲**（tshiàng-siann）就要對決了……但四方形的東東一拿掉，人一見面 face to face，就會從刻薄、嚴酷、暴怒，變臉為客氣、有禮、善良……來！來！來！先不要動氣……事情沒那麼嚴重啦……喝杯咖啡好好談……

若一方做錯事，道歉時表情要誠懇，眼神得無辜，誠心誠意**會失禮**（huē sit-lé），這是台灣人做事的**法度**（huat-tōo）：

好運歹運，總嘛愛照起工來行……

葉啟田〈愛拚才會贏〉傳唱全世界，乃因其在困境與奮鬥中，用歌聲實況轉播人生。台語的智慧，素樸到幾乎不佔記憶體，好用得不得了。只要謹記原則，誠心做事，沒有不能解決的事！

頭過身就過。

這句話的意思是，只要勇於嘗試踏出第一步，定能克服難關。

喂！喂！喂！我怎麼那麼會操弄廉價的勵志呢？不！不！不！台語人是豪爽且真誠的，跨越難關之後，就該好好慶祝一下，**予焦啦**（hōo ta--lah）！

喝酒不開車，開車不喝酒；台語真好用，好用真台語。

【語詞筆記】

歹剃頭（pháinn-thì-thâu）
歹扭搦（pháinn-liú-la̍k）
難搞。

捾一支喙
（kuānn tsi̍t-ki-tshuì）
光說不練。

鐵齒（thih-khí）
固執、倔強。

袂參詳得
（bē/buē tsham-siông-tit）
難以理喻。

摸飛（moo-hui）
拍茫（phah-bâng）
混水摸魚。

叫袂行（kiò bē/buē-kiânn）
叫不動。

衰尾（sue-bué/bé）
倒楣。

斟酌（tsim-tsiok）
小心謹慎。

頂真（tíng- tsin）
認真細心。

拚勢（piànn-sè）
努力做事，不顧一切。

唱聲（tshiàng-siann）
挑釁、威嚇、撂狠話。

會失禮（huē sit-lé）
道歉、賠罪。

法度（huat-tōo）
方法、規矩、法則。

予焦啦（hōo ta--lah）
乾杯啦！

生活篇

II

學習方法大展開

歌曲：KTV的語言課

阿聰我自我感覺良好，每到KTV，總忍不住手癢點首江蕙來唱，特愛〈無言花〉。奇怪的是，江蕙的歌聲情韻悠長，抖音抖到心坎裡，但我怎麼唱就是平板乏味，真的很「無言」。

同包廂的朋友受不了，麥克風一抓就江蕙起來，唱得撕肝裂肺、撼動天地，猶如舉辦現場演唱會，真的是「專輯就是現場，現場就是專輯」。

很無言的，我遇過好多歌后歌神，台語歌唱得極佳，卻連**嚨喉**（nâ-âu）都不會說，聽不懂日常對話，更別說對答如流……

學語言從歌曲入門最快，但為何，這些歌后歌神無法成為台語人呢？

世界級的台語歌

台語流行歌在世界音樂史中，佔有很特別的地位。

從日治時期鄧雨賢作曲、李臨秋作詞的〈望春風〉開始；到一九六〇年代的洪一峰和葉俊麟天王組合，共譜〈舊情綿綿〉、〈淡水暮色〉等名曲，文夏更是天王中的天王；台灣經濟飆速年代，可有葉啟田、洪榮宏、江蕙、黃乙玲等暢銷歌手；解嚴後類型多元，搖滾、新人文、電音、嘻哈異彩紛呈，陳明章、林強、伍佰、董事長、五月天；二十一世紀更響起滅火器、玖壹壹、謝銘祐、陳建瑋的時代新樂音……

略懂或全然不懂台語的你，可先來場歌曲巡航，也就是隨意自在的聽，只要有段旋律或歌詞唱進你的心坎裡，就鎖定那條歌，反覆聆聽，不斷吟唱。然後，請台語人朋友解釋內容，一字一句教導，由於歌詞有旋律的浮力承載，學一條歌，不僅速度快，感情更會滿載。

熟習幾首歌後，就拉台語人去KTV尬歌，不必害羞，面對螢幕畫面，大聲唱出來。

若迷上某台語歌手，那更好，她／他會帶你走進時代的豐饒，浸淫在語境之中。

然後，狠狠地用進生活。

融入生活情境

我家小女兒跟務實的老大不同，出門穿衣整裝總愛搭配得繽紛華麗，項鍊、手環、手提包披披掛掛的，一見其穿著，我都會笑她**虛華**（hihua），順著就唱起江蕙〈酒後的心聲〉：

我想袂曉，你哪會遮虛華……

台語是親切的語言，跟生命情境如此貼近，熟習台語歌之際，也要好好地運用於生活。也就是，遇到類似情境，就引用這句話，真的是：

好聽閣袂跳針！

尤其是遭遇困境時，上班上課途中大雨滂沱，塞車遲到身體溼透透，為了勉勵自己，哼起〈愛拚才會贏〉……且慢，這首太老派，不如來唱陳建瑋的新歌〈透早就出門〉，利用反差來自我解嘲：

透早就出門，日頭赤焱焱，駛著一台老爺車，冷氣有夠熱……

這就是情境學習法，你台語不敢說出口，就藉生活的狀況題順順地說出來。由於反覆吟唱熟習詞句，發音趨近標準，自然而然就會脫口而出，親朋好友不免會心一笑，場面隨即溫暖起來，不敢出口都出口了，信心大增！

一定要配溫開水

但這樣的情境學習法，只是導引式的初期效果，一定要有閱讀來輔助。

早期有印製發行的歌本，唱盤、錄音帶、CD會附歌詞冊子，KTV跑出字幕，網路的歌詞資料浩瀚，都是學台語歌的強力助手。

電腦得定期更新，學台語歌當然也要升級。過去的歌詞表記，用字非常混亂，同樣的意思竟有好幾款不同的用字，例如迌迌（tshit-thô），就有七桃、佚陶、佚佗、923淘等多種異體字。

請搜尋「台語歌真正正字歌詞網」，有網站也有臉書，都依循教育部頒定的標準用字，更重要的是，詳細標記羅馬拼音，聲、韻、調與連音的細節都清清楚楚的。就算不懂台語漢字與羅馬拼音，邊聽歌曲邊讀正字正音邊吟唱，久而久之，在動人的旋律感染之下，聲音與文字就契合無間啦！

人類的學習慣性，大致分為聽覺、視覺兩種取向，現下的國民教育比較偏向視覺閱讀，老師在課堂上口述講說，就是透過聽覺加強記憶與理解。唱歌來學台語也是，聽中讀、讀中聽，請讓歌曲帶領，將正字正音印入腦海，且透過正字正音之閱讀，唱出字正腔圓的台語歌，雙管齊下，效果奇佳！

字字句句透心肝

被譽為天后的江蕙，其歌曲盈溢感情，在生命每道轉折處，猶如經典的唐詩宋詞，從心頭最深處噴湧出來，跨越族群與地域，感動無數的人。

西元兩千年後，江蕙舉辦多次大型演唱會，其曲目無論如何組合增補，有兩首歌必備。

〈家後〉，訴說夫妻歷練滄桑後的心聲，家家有本難念的經，這麼多風波與辛苦之後，家人依然在一起看電視、吃晚餐：

才知幸福是吵吵鬧鬧。

簡單的一句話，道盡平凡家庭的苦澀甘甜。而幸福往往平淡，常常讓人忽略，猶如〈落雨聲〉，人往外追求，忘了多多關心親人。我們都曾是孩子，父母長輩呵護長大，覺得理所當然……等到最親的人不在了，再多的榮耀與金錢，都無法挽回：

無人惜命命。

所有的遺憾與愧疚，都在〈落雨聲〉最後五個字。

這就是台語歌，最簡練之字句，無法抵擋的魅力。

影視：來！來！來追劇

我是追劇的浪人。

一九八〇年代是港劇《新紮師兄》，九〇年代耽溺在日劇《東京愛情故事》中，台式偶像劇曾流行，韓劇更風靡世界。二十一世紀第二個十年，為了找回母語，我守在螢幕前，追尋台語劇。

第一個念頭，當然是八點檔鄉土劇，多年來穩居收視龍頭，大街小巷，台灣頭到尾都在看。其撒狗血的劇情，誇張的人物個性，的確很吸引人。

但阿聰我一聽年輕演員的發音，不僅**臭奶呆**（tshàu-ling/ni-tai，**口齒不**

清），更多是華語劇本直接轉譯過來，只能靠少數老演員或突然閃入的俗語撐場。而且，這些邊拍邊播的「ON檔戲」，是半夜決定大方向，製作人催促編劇熬夜寫到清晨，演員白天接到劇本隨即拍攝，下午剪接，晚上就播出，製作匆忙且草率。

看八點檔是可以學台語，但得要謹記，其用詞恐怕不道地，發音往往不準確，最好先汰除毒素再吸收。

怕中毒沒性命，阿聰我直接轉台。

選擇優質節目

手執遙控器，在百多台頻道間移動，全台語戲劇多跟勸世有關。有佛教頻道描述平凡人物的悲喜一生，傳達淨化人心的寓意；也有道教神明與地方傳說故事，其台語旁白與對話真是道地，頗有收穫。

而傳統表演藝術仍在，電視上還有歌仔戲可觀賞，更不要說霹靂布袋戲頻道歷久不衰，聲光效果直追國際水準，只是啊只是！劇本台詞多自華語思考，令人扼腕。

很可惜的是，《親戚不計較》與《烏來伯與十三姨》這樣的長壽劇不再，資深演員將故事演得饒富機趣，對白閃現傳統智慧，每日看個半小時，讓生活暖呼呼。

行腳節目更是活潑精彩，受訪的職人若是台語人，講起朝夕磨做的技藝，語言最是熟練精深。這類型的節目，透過動態的探尋將語言滾捲而入，最有臨場感。

豬哥亮是鹽酥雞

但也不得不談到綜藝節目。

《鐵獅玉玲瓏》風靡一時，很多人不知道，此乃脫胎自傳統的唸唱與七字仔，轉化為當代的互動情境。阿聰我考察台語的表演藝術，用詞最純粹道地罕有混雜的，就是七字仔、歌仔冊與褒歌，網路影音資料甚多，首推國家文藝獎得主：楊秀卿。

談到綜藝，無法忽略豬哥亮，雖已過世，可留下大量的影音資料，電視台也不斷重播，想不看都難。

豬哥亮就像鹽酥雞，那味道與滋味實在銷魂，但吃多了有礙身心健康，令人又愛又恨。豬哥亮「出國深造」後，回到主流電視台的一系列節目，其尺度比較收斂，汰除女性與族群的歧視，是有比較「健康」，再加上歌仔戲底的陳亞蘭與呂雪鳳的襄助，於鬥嘴中激發出好句子，值得筆記下來。

且關掉電視，打開網路，影音資料看不完。過去的豬哥亮真是百無禁忌，可說是台灣戰後嬰兒潮的代表，充分顯現台灣經濟起飛後巨大生命力與文化力。相對而言，也承擔過度發展下的後遺症。但你不得不佩服豬哥亮台語之精湛，其歌廳秀常透過台語的諧音來製造笑料，不時蹦出金言警句，偶爾還會甩弄古奧的俗語。

阿聰我看豬哥亮歌廳秀，有三個階段：一、還是孩子的時候，只要聽到其聲音、看到馬桶蓋，凡豬哥亮的都笑。二、長大後讀了點書，非常不滿其性別、族群與階級的歧視。三、近中年，為了挽救流失的文化，邊看帶子邊做台語筆記，這是學台語一條政治不正確的路。

傳統戲劇在當代

談到豬哥亮，總是引發正反兩極的意見，但歌仔戲就是一片叫好聲了。

現下的電視與主流媒體，新歌仔戲並不多。而過去，則有楊麗花、葉青、黃香蓮、李如麟等巨星。這些黃金年代的輝煌製作成ＤＶＤ發售，只要是歌仔戲都好，從裡頭的戲文領略文言古雅與美妙聲韻；問雜活潑的對白，丑角的詼諧，亦文亦諧，可靜可動，無怪乎那麼多戲迷至今仍如癡如狂。

我家女兒也是，歌仔戲是我們飯後的豐盛點心，邊看我邊解說劇情，從最美的角度來了解台語，遇到逗趣的段子，女兒會跟著手舞足蹈起來。葉青歌仔戲我們看過大半，最愛《孔明三氣周瑜》心理戰，更愛《陳三五娘》句句押韻的語言藝術。

此外，到網路搜尋，除了零散的台語電影，我總愛回味小時候看黃俊雄布袋戲的歡樂時光，越早期的語言純度越高。甭說戰鬥時的緊張刺激，變音為形形色色的人物氣口，還有猜謎、作對子、吟詩，那真是傳統漢文與電視影像的風雲組合。

沉浸於傳統藝術表演中，乃精進台語的無上法門。

新台劇大未來

回味傳統，也要展望未來。

雖說目前台語發音的戲劇有許多不足，但一股新台語劇的潮流，正要絕地反攻。

什麼是新台語劇呢？就是以高品質的製作水準，在商業電視台播映的台語戲劇。之前，有公視的開台自製劇《鹽田兒女》，歷史長河劇《浪淘沙》，這幾年在台語意識抬頭下，類型與水準大有突破，《春梅》、《紫色大稻埕》、《外鄉女》等等，越來越精進，更不要說文學單元劇，其畫面與品質相當用心。《花甲男孩轉大人》更是轟動，打破戲劇同溫層，風靡台灣社會。

台語劇下一步要做的是，讓題材不再侷限鄉土與歷史，開展類型，使其五花八門，什麼主題與風格地域都要有。而其標竿，就是當代都會情境的愛情偶像劇，若要全台語，背後的流行語翻譯，演員口條訓練，還有時尚風格，可要厚實工夫與資源來支持。

綜上，無論是電視劇、傳統表演、行腳或綜藝節目，總令人無法自拔日夜沉迷終不悔……。

奶茶與鹽酥雞買齊了，坐在螢幕前，懷著期待的心情，按下開始鍵，請展開追劇人生！

網路：只需鍵入兩個字

身為低頭族，進行一個掏手機的行為，是如此自然的反射動作。撥手機看似私密，在公開場合其實已半公開。例如，在捷運車廂，你站立著緊抓握環搖搖晃晃時，瞥見隔壁正在讀網路新聞，有人戴耳機打電動正酣，或是傳訊息上臉書寫電郵，而正對面端坐的女孩，耽溺在韓劇中，未曾抬頭。

在等待與移動的瑣碎時光裡，我也是這世界幾十億低頭族的一份子。但我有抬頭的自覺，看看四周圍的人、事、物，或在腦中浮想，試著把捕捉到的文字與意念，翻譯成台語。

一指通打開手機，上網路辭典查詢相關詞，或直接閱讀臉書，看看有什麼生鮮的字詞與台語文。邊讀邊默邊記憶，腦袋轉動一下，咀嚼形、音、義，試著造句，透過單字連結生活經驗。

累積日常瑣碎的時間，適足以成就台語的豐厚基礎。

自自然然同溫層

在這個網路時代，只消鍵入「台語」兩字，就有數不盡的資訊，主要平台就三處：Google（谷歌）、YouTube、Facebook（臉書）。

首要是臉書，只要搜尋「台語」兩字，各種主題的社團應有盡有（請見附錄）。根據你的興趣與程度，先加入幾個社團，有事沒事就讀一下，留言或分享更好。而這些社團中，定有許多達人級的臉友，時不時就寫篇文章教導知識，辨析觀念，連結資源，直接就加好友或追蹤來學習觀摩。

此外，還有許多點子王，他們實在太愛台語了，製作精彩的圖片與影像，甚至出考題，做民意調查，拍攝影片，舉辦活動……花樣多得不得了：例如外國人講台語，電影台語配音，台語野餐會等等。才知道，語言不只是語言，還是創意的源頭。

隨著學習的興致增高，你的社團與臉友會越加越多，緩緩滑進台語的同溫層，藉由達人帶領、群體同樂，逐步提升台語的程度，歡歡喜喜，自自然然！

加入我的最愛

科技時代要感受語言的魅力，有非常便利的影音資料，只要到 YouTube 搜尋，先從音樂開始，台語歌真是好聽到爆；再來是台語發音的戲劇，無論是連續劇，爆笑短劇，歌仔戲或布袋戲，讓人耽溺無法自拔。

若要專門學習，就逐步看最基礎的俗語教學，各式教學影片到古漢文詩詞之吟誦。浩瀚如海的 YouTube，就是一輩子的台語學習，當然啦，資源如此多，循序漸進，細心篩選，如此的精進才有效率囉！

人說谷歌是大神，在它的護持下，先找教典，納入電腦與手機的「我的最愛」，只要有疑惑，隨時上網查，先讀解釋，按綠色鍵會有發音，定要讀例句，多讀幾次甚至背起來，單字的學習才會完整。而點閱教典中的附錄，就像閱讀百科全書，可以打開知識的廣闊版圖，趣味無窮。

許多台語達人的網頁與部落格，內容紮實、論述清晰，是奠築台語基礎的必經路徑，阿聰我會列印出來，一字一音詳細閱讀，做紮實的功夫。

總之，無論在哪個平台，記得一點，最好有手寫的筆記，或拷貝下來全部丟到同一個電腦檔案裡頭，作為自己的台語資料庫。以此資料庫為基礎，定時複習，按脈絡整理，這，會成為你的詞典、百科全書與寫作寶典。

困難與爭議

在網路學習台語的初期，阿聰跟大家一樣，會遇到許多困難與疑惑，這無可避免，以下我一一解釋：

一、台語文表記：用文字來記錄與書寫台語的歷史相當悠久，但進入體制的時間並不長。網路上初遇台語社團與達人，碰到羅馬拼音總會皺眉頭，讀到台文漢字心生疑惑。阿聰剛學習時，也頻頻遇到挫折，這時候，就來唱江蕙的〈感情囥一邊〉，先把這些疑慮與不解置放一旁，柿子挑軟的吃，先讀容易的，難的先跳過，反正啊！學台語以快樂為優先！

二、跟著感覺走：台灣的日常生活與媒體，台語是無所不在，在閱讀臉書與網路文章時，有時候試著去揣摩台文，唸著唸著稍稍動一下腦筋，想起在某時某地就是聽到這樣的話！喔！原來如此，這個字是這麼寫的！發音的標記原來如此！如此茅塞頓開的愉悅感，是網路學台語讓人無法自拔的原因。就盡量低頭吧！多讀台語文！那些閱讀與學習的困難，就會煙消雲散。

三、認同的爭議：一旦成為台語低頭族，相關的連結與好友會不斷湧來。隨著程度的提升，初級字彙與發音自然迎刃而解，具備基礎知識與能力後，就會開始思考：到底要叫台語或閩南語？要用教羅或台羅系統？這個音是否有漢字？本字真是如此？同時，會遇到政治認同與文化意識的討論，衝擊與辯駁接連而來……

跟著美好走

每個人都有其觀點與認同，這點阿聰都尊重，但為何事情爭訟不休呢？表示這是仍在發展、凝聚的議題，暫時沒有定論。與其浪費光陰辯駁，不如利用此時間來學習，待識見提升了、眼界拉高了，疑惑消散，定見就會浮現。

但不要忘了，在台灣學台語，最美妙的就是生活圍繞的活潑與趣味。順著美好的感覺走，講講台語、讀讀台文，成為愉悅的一部分。

就像人們撥手機，大多是為了那片刻的放鬆；讓台語成為你忙碌生活的紓解，遠離學校考試那般的沉重壓力。

身為低頭族，請在人生的暫歇處上網，品嚐台語的小確幸。

廣播：我的超級好朋友

我開著我的爛車，準備離開鹿港，高速公路是回家最近的路。不知哪根筋不對，臨時起意改走濱海公路，拉下車窗吹吹海風，夕陽偶在防風林樹隙閃現，在公路上晃遊，穿越一座座荒野與村莊，真是詩情浪漫啊！

沒想到，夜來得如此之快，空曠的海岸地帶，前不著村、後不巴超商，連路燈都沒，四周圍被看不到盡頭的黑暗重重包圍。

不遠處，有間霓虹七彩閃爍的鐵皮屋，我不寒而慄，渾身冒冷汗……天啊！那是理容院？還是豔鬼窟！

總是陪伴你身旁

慌亂的我扭開音響，收音機頻率不知多偏僻，電波那一端卻異常清晰，正上演著台語廣播劇——想不到這時代還有廣播劇啊！故事描述先生出遠洋捕魚，命運未卜，新婚妻子在家苦守寒窯，惡霸就出現了，圖謀不軌，幸有正義之士前來相救……劇情於飽滿的對話中穿插海浪聲、紙筆摩擦、摔酒瓶、打雷的傳統音效，劇情真的很老套，但那迷人的氛圍與道地台語，讓我忘卻恐懼，開著我的爛車，穿越濱海鋪天蓋地的幽黯。

廣播就像朋友，可以安撫情緒。

是以，在此眾聲喧嘩的世界，廣播仍佔有一席之地。只要打開收音機，好朋友總在那兒，透過耳孔與你心靈相通。

有此一說，人瀕死之前，眼耳鼻舌身五感中最後消逝的，是聽覺。在此視覺疲乏的時代，聲音是最終的救贖，你看許多老年人隨身就攜帶一台收音機，比伴侶兒孫更為親密依偎。

幸好有廣播，陪你到最後。

打開耳朵聽見世界

一般來說，若要向人群傳達意念，可透過肢體表情、文字符號、照片錄影等方式。廣播的媒介是聲音，沒有其他感官輔助，不像書本透過視覺吸取意念，可停頓、重讀、參考其他資料。電視電影更是影像、字幕、聲音的綜合呈現。廣播就不同了，話一出口隨即消散無蹤……

所以得自立自強、自給自足，你看廣播人的口條多麼清晰，敘述完整妥貼，節奏有條不紊。只因在空中的廣播世界，唯聲音可憑藉，得發揮口語技巧，變化音色情緒，來跟聽眾交流、建立默契。

相對而言，聽眾看不到頻道那頭的人，只能憑聲吸取資訊，這是學習語言最徹底的方法。語言教材的聲音檔比較像老師，廣播則會隨著人、主題與時勢而變化，是無所不談的好朋友。

習慣了某語言的廣播，幾乎就掌握了這套語言。

許多台語人不止聽說無礙，還能廣知天下事，全因朝夕相處的那台收音機：播送新聞、討論時事、傳遞知識、回憶過往，還可call in聊天、點唱歌曲，解決身體與心靈的大哉問！

飛天縱地講古仙

學外語的教材多如繁星，聽廣播或音檔來訓練聽力，配合紙筆外加修正液，邊聽邊讀課本學習，看起來很認真的樣子。

但很快就打起呵欠來，注意力易渙散，興致難持續。

台語人真好命啊！有講古這門傳統藝術，不僅可訓練聽力，放任想像飛天縱地，還得扶住下巴避免仰首大笑時掉下來。

曾有一段時間，台灣尾至台灣頭，鄉間到都市，無不屏氣凝神在收音機旁等待，節目開始，迸出一聲高昂：「講添丁，說添丁，添丁故事說不盡！」

這是二十世紀台灣口語藝術之高峰。

吳樂天94狂，講古廖添丁，一段約二十分鐘，不咬螺絲，沒有冷場，用最純粹的「台灣話」，講述廖添丁與日本人對抗的傳奇事蹟，周旋於紅粉知己之間，與紅龜情義血淚相挺，鬥智鬥力修理壞蛋，「聲遊」台灣南北各地。聽廖添丁傳奇，不止是娛樂，更是開眼界，且看吳樂天將台語發揮到不可思議的境界。

南有樂天，北有俊鳴，特長是古書，尤其《三國演義》，將那錯綜複雜的情節與人物之稜稜角角，用飽滿穩重的聲音傳述，時不時穿插詩詞盈溢古雅，施展口技為戰場廝殺傳真。

聽俊鳴講古，可以識世情、辨個性、明古音、學歷史！

台灣的講古仙甚多，吳樂天與俊鳴乃較知名者，且網路有音檔隨時可點聽，阿聰我一聽再聽，隨著台語精進，每次都可發掘到新細節，沉浸在講古的魅力之中。

聽它千遍也不厭倦。

徜徉於電波之中

廣播作為一門口語藝術，絕對不能忽略「恆春兮」，將新聞播報、工商服務、節目插播、廣播劇、點歌服務、英文教學……重新創造演繹，輕鬆逗趣，創意驚人。《恆春兮工商服務》是許多人的「心頭好」，乃初學台語、無條件愛上台語的「註冊商標」。

廣播就是這麼平易近人，無論是手機、電腦或隨身那台小小的MP3收音機，只消打開電源指尖撥一撥，無論是音樂性、談論性、新聞性節目，健康政治教育新聞甚或空中算命都好，只要耳朵愛上，徜徉於電波中，就是最好的頻道。

開車時，睡覺前，家庭主婦洗碗的光陰，勞工朋友揮汗正工作，或是散步運動寂寞無聊空虛時……有廣播這位超級好朋友，說話給你聽，時時陪伴你，台語自然而然潛移默化，你也能像廣播主持人那般能言善道囉！

閱讀：展望世界的窗戶

西元一九八〇，王建民出生那年，台灣社會掀起一股熱潮，小說《千江有水千江月》開始在《聯合報》連載，讀者瘋狂搶讀，出版後暢銷大賣。作者蕭麗紅第二本書《桂花巷》更改編為電影，轟動一時。

等候了十五年，蕭麗紅第三本著作《白水湖春夢》出版，描寫海邊小鎮的風土人情、悲歡起落，語言幾乎以「台語」為基底，作者花費相當的力氣考究用字，融入其舒緩雅緻的文學筆調，讀起來卻相當掙扎。不只蕭麗紅，簡媜的《月娘照眠床》，也嘗試將台語融入華語散文書寫，才氣雖力透紙背，成果卻力有未逮。

許多台灣的文學大家，文字寫的是華語，習慣的口語乃台語，多方嘗試將台語凝鑄於華語的文學創作中。如此不懈的努力來到現在，時代終於來救援了，政府製定標準化的正字拼音系統，透過教育機關來推展，廣為創作者使用。

新時代的台語書寫，不再需繞經華語。

相對的，台文書寫的作品越來越多，直接閱讀台語文，是提升台語能力最紮實有效的路徑。

識字的神奇過程

一八八五年，傳教士巴克禮發行《台灣府城教會報》，乃台灣歷史上第一份發行的報紙。內容用羅馬拼音表記台語，史稱「白話字」，也就是，台語很早就有文字了。經過百多年來的演變，無論你使用的是教會系統的「教羅」，還是政府製定的「台羅」，二十一世紀，台語文字的系統化與標準化，趨近完成。

請打破台語「有音無字」的迷思，學台語不只是聽與說，還有讀與寫，別忘了，台灣人的華語程度，可是經過學校密集的讀寫訓練打造而成的。

或有人說：「台語會聽會說就好，何必花時間閱讀？」

沒錯，阿聰我本來也是這樣想的。但在社群網站看到許多人用台語文討論台語，遂調了調眼鏡，想說來讀讀看。

每天就讀一點點，不懂就去查教典，如此日積月累，台文就會點點通，而且越來越順暢，優點不斷浮現，以下是阿聰的閱讀心得：

一、核對羅馬拼音，除卻腔調與方音差，可糾正發音錯誤。

二、熟悉漢字字型，對於偏視覺系的學習者，極有利記憶。

三、閱讀台語文，認識不同地方、行業、時代的用詞用法。
四、可將耳朵聽到的台語，用拼音與漢字，準確記錄下來。
五、閱讀各種台語文本與名家作品，打開知識與視野的窗。

如何提升閱讀力

零散的書面與網路文章，對閱讀力有幫助，但進步若要顯著，還是得買本書來猛下功夫。

推薦陳明仁《拋荒的故事》，一套六冊，三十六篇文章，以散文筆法敘述人生的百般情態，用字貼近政府頒訂的正字，註解詳盡，還附CD音檔，可以邊聽邊讀。

阿聰將這套書當作閱讀的練功坊，琢磨出一套方法，相當有效，以下逐步示範：

第一步：先閱讀台文，不懂的就參照華文翻譯，了解通篇情節，讓故事來帶領你。

第二步：播放音檔且配合書本，邊聽邊讀，遇到疑惑的台文字句，就標記起來。

第三步：只讀台語文，搭配註解來理解吸收，熟悉台語用字、羅馬拼音，俗語與慣用文法。這時間會比較漫長，猶如準備考試，得多花一點心力。

第四步：通篇閱讀完畢後，將書擱下，再聽一次朗讀音檔，訓練聽力，且試著在腦中浮出漢字與拼音，隨手書寫下來。

第五步：再一次邊聽邊讀，整理並加固記憶，為此次閱讀收束。

就算是台語人，初期閱讀台語文多是懵懵懂懂的，滿腹疑惑。不必一次解決，只要一篇一篇讀，一本一本累積即可。漸漸地，就會越來越習慣這套文字系統，進而舉一反三，觸類旁通。而且，許多用字用詞會重複出現，不斷加強記憶。

有餘暇或心情好的時候，就來讀一篇，完成一段台語文的歷程，搭配網路的零碎瀏覽，閱讀能力就會日漸提升，《抛荒的故事》整套還沒讀完，就會進入游刃有餘的境界。

參加課程與讀書會

當然，報名課程，組織讀書會，透過老師與群體的力量，增進閱讀能力，效果更佳。進而報名台灣閩南語能力測驗，設定目標用功奮進，測試自己的台語文程度。

因台灣社會的現代化與都市化，台語的聽說環境正在弱化，相對的，書籍與文本資源日益豐厚。任何語言都一樣，透過閱讀與課程，是增進語文能力的踏實方法。

尤其是，憑口語多少有誤差與限制，藉由書本與網路的閱讀，可以打破限制，擴及文學、歷史、風土、科技、醫學等等領域……。

也就是，透過台語文，來提升涵養，開闊視野，對世界的看法將煥然一新。

朋友：好時光來開講

【選擇題】

為著學台語，我規工和朋友▲。

A. 開講（khai-káng）
B. 經絲（kenn/kinn-si）
C. 拍抐涼（phah-lā-liâng）
D. 練痟話（liān-siáu-uē）

答案是四個選項都對，但內涵不一樣喔！

A.開講，一般說聊天閒談多用此詞，用途與涵義最廣。

B.經絲，本義是蜘蛛吐絲結網，引申為東拉西扯的攀談。

C.拍抐涼，不僅是閒扯，還有說風涼話的意味，較為輕鬆親切。

D.練痟話，嘿嘿嘿！就是胡說八道隨便扯，貼心好友都用這詞。

然而，不管你怎麼聊，只有一個重點，要學好台語就整天找朋友開講！

我們來講台語

有心學台語的你，遇到台語人朋友時，不要羞怯，不必害怕，請說出第一道通關密語：「咱來講台語。」

朋友聽到這句話，都會相當開心，樂意轉換頻率，跟你講台語囉！

若你台語很破，初期難免斷斷續續，發音腔調怪怪的，別介意，這只是暫時現象。就從單詞學起，然後成句成段，沉浸於語境中，朋友說一句，你就跟著複誦，困難的先擱著，簡單隨即吸收，慢慢成為你舌頭的一部分。遇到不懂的，就請朋友解釋給你聽，在分析的過程中，會有許多意想不到的發展。

第二道通關密語是：「毋驚講，驚毋講。」意思是不怕說出口，就怕你不說，只要常說，定會進步。

此外，純聊天有點單調，順勢加入動態活動，一起去逛街、吃飯、唱歌、旅行，或在電視前評析新聞、運動與戲劇，邊娛樂邊嚼台語，輕鬆閒聊，漫天亂扯，對話就會越來越順。

就阿聰我個人的經驗，邊旅遊邊聊天效果最佳，因為心情放鬆，景色與狀況變化不斷，學習的收穫最豐。某次，到凍頂烏龍茶的原鄉「鹿谷」旅遊，遠望山巒煙霧籠罩，一時口拙找不到詞，朋友就脫口而出：**罩霧**（tah-bū）。

欣聞此言，阿聰先請朋友解釋，然後對著山巒大喊罩霧罩霧罩霧……此情此景此語，便深深烙印在我的腦海中，也能自然而然脫口而出啦！

到達一定程度後，第三道通關密語浮現：「全台語開講。」

全台語討論專業知識，描述動作與事物狀態，分析人的長相個性，完整講一段經歷，若到達胡說八道、滔滔不絕之境地，你就過關了！

來場台語聚會

在此眾樂樂的時代，聚餐聊天拍照上傳網路，是現代人的生活常態。

尤其是大家各自準備菜餚，到某人的家中聚會，自己動手 DIY，品嚐彼此的手藝，在過程中分享食材的挑選與料理過程，猛然大聲爆笑，有時貼己話縷述幽微心事。

若走出戶外，大自然青青草地野餐，更是清新自然。

這類似台灣盛行的**辦桌**（pān-toh），親戚好友圍繞喜紅色的圓桌，從冷盤、羹湯、封肉、佛跳牆、海鮮、米糕到收尾的甜點水果，一起來為主人家祝福，同桌人也趁此連繫感情、交流近況。

美食與人情味加上鞭炮和歌聲，是台灣人共同擁有的好滋味。

環境與方式會變，不變的是「圍繞」的溫馨感。三五好友聚會，分享你所知道的台語，各自出一道家鄉菜，有人說**煙腸**（ian-tshiâng）、他卻說**灌腸**（kuàn-tshiâng），光香腸的諸般異稱，就可以引爆熱議。

這是阿聰聊天的小訣竅，聚會場合冷掉了，不知要說什麼的時候，台語，是點燃話題的火種！一下子就熊熊燃燒了！

談感情是台語

在台灣，有一奇特現象，就是在學校、職場與公眾聚會時，明明都會說台語，彼此對話卻單用華語，越年輕此現象越明顯。

阿聰與太太是大學同班同學，都來自傳統的台語人家族，講得還算流利。但在學校讀書時，幾乎以華語為主，台語只是調味料。直到我們交往，認識對方的家族常常參加聚會，才摸透彼此的語言底細。

然而，結婚後夫妻的第一語言仍是華語。

直到孩子出生，為了要跟阿公阿媽溝通，且傳承各自的生命歷程與文化底蘊，我跟太太恢復到該有的語言習慣，台語成為我們的第一語言。

如此習慣的改變，對我倆的台語程度有巨大的提升，感情的基礎也更加穩固，才發現，彼此的腔調與用詞，真是南腔北調大不同。

自此之後，我改變作法，在善意確知對方是台語人後，我們就全台語對話。如若是舊識，會讓我們更了解彼此，喔！原來你是這樣說的啊！遇到新朋友，台語加速我們的熟稔，話題談得更深，還會學習到新語詞，獲得更多的知識與故事。

台語是你最好的朋友，從親密的人、朋友到公眾聚會，回到該有的語言習慣，這世界將更加溫暖、開闊！

家庭：最熟悉的陌生

我好愛好愛那鍋滷肉。

每次從外地回家，我媽定會專程去市場採買最好的豬肉，用最深的火侯與功夫，為兒子烹調一鍋「愛的滷肉」，引得我飯多吃好幾碗，摸摸肚子真滿足啊！

然而，要不是太太提醒，我不會注意台語通稱的**肉滷**（bah-lóo），在我媽的口中是說：**肉滷仔**（bah-lok-á）。

而我自己竟說**肉燥**（bah-sò）。

以上說法都通，但我就是覺得怪怪的。於是，為了那一鍋滷肉，我仔細聆聽媽媽口中說出的「母語」，專程錄音下來，雖說母子都用台語溝通，經過比對，許多發音、用詞、語法，竟大大不同。

也就是，我媽那鍋道地的滷肉，恐斷送在我口中！

最難溝通是家人

談到學台語，總有人說：「幹嘛在學校教，在家裡說說就好啦！」

這位仁兄可能不知道，家人往往是最熟悉的陌生人，要跟長輩講母語，得越過重重難關，是最遙遠的距離。

第一道關卡，是「轉頭病」。

長輩之間聊天，台語毫無障礙，但轉頭跟晚輩溝通，尤其是孩子，就硬去講不流利的華語，有時還會秀英語。這是台灣很普遍的現象，長輩台語俐落，晚輩華語字正腔圓，兩代或隔代之間，語言竟不相通。

關卡之二，就像阿聰這樣，雖都用台語跟父母或家族長輩溝通，但大量參雜華語。許多台語發音與用詞也不太標準，若要動用比較罕用、專業的名詞，或想描述得更細膩流暢，就會「跳針」。而且，長輩太貼心了，有些詞怕我這個晚輩不懂，就直接轉用華語。

最後的關卡最細微，為了溝通方便，長輩常捨棄原本的腔調，改用比較通行的優勢腔。晚輩本就受媒體大眾的優勢腔影響，加上長輩避用原本的腔調溝通，造成道地腔調流失，陷入傳承危機。

習慣是語言之母

造成以上所述現象之原因，非常複雜，可以寫好幾本論文，連開好幾場討論會，從政治、媒體、族群到語言學的角度來切入。

歸根究柢只有一個核心：習慣。

如此微不足道的習慣，就足以造成語言的滅絕。沒有驚天動地，看不到好萊塢爆破特技，而是不知不覺、安安靜靜就死寂了。

是以，定要改變習慣，明確堅定的跟長輩說：請跟我說台語，我要學回我的母語，也請跟我的孩子說母語，我想要把祖先流傳的潤澤，一代一代延續下去。

剛開始改變語言習慣，彼此都會覺得彆扭，不小心就會轉回華語。所以才稱作「關卡」，是需要刻意去跨越與扭轉的。

而且，家人的相處如同礦石，乃經長久的擠壓到難以溝通無法改變的堅固狀態。

回頭想，語言除了親密關係之外，還有傳承、知識、實用等面向，所以，找一個彼此能接受的理由，共同改變習慣。

例如：台語比較親切，講起來讓人快樂，拜祖先時好溝通，為了研究台灣史，多學一種語言，要跟未來的公婆拉近感情，是找工作的核心能力，台語正流行……反正它就是母語，請跟我說台語啦！

一起來做口述歷史

現代文明科技的禍害很多，但人類之所以無法自拔，乃因太便利。

就將這便利拿來促進家庭關係，只要一台手機，就有錄音、錄影、文字記述等功能。

阿聰我為了學回台語，隨時隨地就抽出手機，給阿媽、阿伯與村莊的長輩錄音錄影，其優點，是可以無限次重複聽，剛開始熟悉入耳，跟著說著說著就學起來了。更有效的方法是，筆記下來，匯集成一個檔案夾，有空就來整理歸納。

記錄台語，進而去探尋父母長輩家族的歷史，趁此機會來做口述歷史。阿聰我親身實踐，蒐集到許多俗語與故事，挖掘往事與八卦，越聽越沉迷，積極訪問記錄，說著說著那兒一個爆點，這裡撿到典故，笑話一長串後，浮出傷心落淚的回憶……

你也可以這樣說

因為那一鍋滷肉，我慢慢重拾該有的腔調。

若你的台語有巨大的鴻溝，透過一詞一句的學習與複誦，可以增進父母、長輩與家族的感情，保證收穫滿滿。

說不定，累積田調口述資料，成為你自己的創作。

這時候你就可以跟那位仁兄說：「我不僅回到家裡講，還講得徹底與動人，跟自己的孩子說，跟朋友說，大眾面前說。我都這樣做了，那你呢？」

環境：生活就是教室

全天下的人都知道，學英文最有效的方法，是沉浸在全英語環境中。但為何台灣人常說：自己英語程度不太好……

答案就在題目中，因為沒那環境啊！背了那麼多單字與文法，花大錢上課程，讀滿櫃的書，英語還是很破，CP值低到鬧饑荒啊！

相對於英語，在台灣學台語，可配備頂級環境：菜市場、廟口、小吃攤、計程車上……生活無處不台語，每個台語人都是你的老師。

請進入四大熱點，浸淫於台語世界：

菜市場：物資集散處

傳統市場可說是語言與知識的寶庫，大致可分為：早市、黃昏市場、夜市（台灣人一天到晚都在趕集？）。

以早市為例，從事相關行業的勞動者與頭家，多以台語為第一語言，逛菜市場又是日常行為，許多人學台語就從這兒開始。雖說環境擁擠吵雜，反倒是最響亮的音場，老闆大剌剌講話，與顧客七嘴八舌，滿耳流暢道地的語言，最原生！最道地！最精彩！

早市可大致分為蔬菜、雞鴨、豬肉、魚鮮、雜貨，也包含生活日用、廚房用具、衣物飾品等等。想逛市場學台語的你，可先大致分類，固定跟某幾攤惠顧，當然是選台語流利的，頭家熱情且健談，樂意跟你分享知識、教導語言。也就是，找個緣分深的店家，進行一道愉快的購買動作。

學語言的基本功，就是反覆練習，每次逛菜市場，開心講個幾句，如此日日、週週、月月磨鍊，不必刻意，久了就可以摸熟基礎用詞，融入己身的語言流中。

勇於開口，盡量全台語，日積月累之下，讓鬥嘴殺價成為反射動作，你就是菜市場台語達人啦！

廟口：人群聚會所

在台灣，菜市場往往與公眾聚會處與信仰中心相鄰，尤其是廟宇前廣場，阿公阿媽圍成圈圈納涼、聊天、下棋，更有許多迎神賽會、節慶活動，精彩好看。只要是河洛人的聚落，廟口的台語就跟信仰一樣濃厚。

找一間廟宇，將耳朵放大，台語便如微風吹來。不必害怕，反正有神明護持，主動請教廟方人員與阿公阿媽，問問神明背景或在地歷史，聊聊天氣與飲食，只要心持善意、態度誠懇，最好聊成一團，沉浸在語境中，猶如大樹下乘涼，真舒暢啊！

更要把握迎神賽會，陣頭與執事人員之交談，廣播放送出來的用詞，信眾虔誠的祈禱，字字句句精練道地。更不能放過歌仔戲、布袋戲、歌舞晚會等公開表演，透過麥克風放送出來的語言，都是表演工作者經年累月的精心雕琢，有活潑的樂音與歡鬧的氣氛襄助，勤做筆記並錄音，進步就會神速！

飲食店：商業好所在

第一步：定要用台語問候，就算老闆回華語，也堅持不改。

第二步：全台語點餐，不會說的就詢問，老闆的反應都超級俐落，記憶體隨即把你歸類為台語人。

第三步：挑選可綜覽全場的座位，觀察店內的熱絡程度。若店家忙到連說話時間都沒，直接放棄。若發現老闆邊端碗邊擦汗還可以哈啦，或是客人小貓兩三隻，語言教室就為你準備好了。

專挑愛說話的頭家或店員，年紀越長越好，先稱讚餐點好吃，然後分享自己的心得，藉由這條線拉起一長串話題。從飲食的特點與美味，店鋪的變遷過程，在地的風土與來客特質等等……只要不打擾店家工作，這間語言教室真是美食配好話！

這就是台灣的人情味，越傳統越市井的店鋪越濃厚，吃食與購買不只是商業行為，還是一種情感與認同的交流。小吃攤與餐廳最常遇到，還有服飾店、雜貨店、麵包店等日常用品，甚至賣車、賣傢俱、賣房子、賣保險等等，都是開放的語言教室啦！

計程車：移動的時刻

阿聰學回台語的路途中，收穫最豐富的，無疑是計程車。

我最愛跟司機聊天了，聞說親切的台語，語調就會溫柔起來。當然要先講好目的地與路徑，然後問問開車的資歷，近來載客狀況……司機其實都滿孤單的，日日轉方向盤加速剎車轉彎的，真的是很乏味，聊天便成為最好的調劑。

大部分的司機都很健談，甚至掏心掏肺，談人生經歷、家庭狀況、政治社會，還有許多不可思議的玄異故事。因工作出差之故，阿聰常搭計程車，透過聊天不斷採集到寫作題材，數量之多，已經可以出版一本《計程車物語》。

從姓名、口音、面貌判斷，我甚至可以猜出司機的原生故鄉。這不是什麼特異功能，而是我很認真地聽司機說話，他們會告訴你遇過的形形色色，什麼人有什麼特質與腔調，謹記司機的心得精華，你也可以有自己的「鐵口直斷」。

實在太愛計程車了，我常陷入困境：司機講得太高興，越開越慢；到了終點，相談甚歡連我也不想下車；更不要說開過頭，走錯地方⋯⋯雖是暫時的相遇，短短幾十分鐘就溫馨滿車啦！

總結：語言課守則

以上所述四個熱點，多是開放的商業空間，處處是生活的教室。要上這堂課，前提是友善誠心、樂意交流。千萬切記，不要碰觸底線禁忌，問得太私密或反應太極端，更要注意自身安全。

這些日常生活中學到的台語，都相當實用、精練。一聽到生詞或警句，就謹記在心，口中跟著複誦，隨身準備筆記本記錄，或用手機的備忘錄留存。

在徵得對方的同意下，錄音錄影是最理想的，回家後定要整理複習，若能持續累積甚而分類比較，你也可以有屬於自己的台語講義喔！

公眾：現場音環繞感

跨進大型書店，來到英語學習類區，滿滿的有一整面牆。外星人若來研究地球文化，大概會疑惑：人類為何要搞那麼多花招與檢定來折磨自己呢？

相對於華文的語言學習，英文有一類比較突出的，是演講稿。例如：改變世界的歷史演說、激勵人心的英文演講等等。這的確是個好方法，在時代轉折的關鍵，用慷慨激昂的聲音，鼓舞人心，改變世界，這樣學起英文來，的確動人肺腑。

二十一世紀初最著名的英文演講，政治上是歐巴馬，商業上有賈伯斯，因媒體無孔不入，許多語錄成為人們朗朗上口的名言警句。

這就是公眾口語的魅力，台語也不遑多讓，只要你走出家門，到處有全台語演講，在現場，感受磅礴的氣勢。

出汙泥學妙語

演講最頻繁時，在選舉投票前。

從里長、鄉鎮長、議員、立法委員到總統，為了選票，得到處跟選民握手，噓寒問暖。不要說刻板印象的中南部，連在台北的「文教區」，政治人物的台語也相當溜。

這可不是隨便說說的喔！只要到公開的造勢場合，**當選**（tòng-suán，**凍蒜**）聲定不絕於耳，候選人「保證」穿插台語，藉此拉近跟選民的距離。

政治人物如同販賣機，選項甚多，聽演講學台語，也得選賢與能，當然以全台語發音、腔調端正者為第一優先。

你可以從這些政客的演說中，學到以下幾點：

一、如何開場收尾，說好聽的客套話。這聽似簡單，其實頗有難度，要你連珠砲講吉祥話，還要符合身份性別地位，簡直是特技表演。

二、如何深入淺出的暢談政策。尤其是停車糾紛、水溝不通的小事，語言最是生動，不僅詳盡細膩，有時一抖就是好幾則俗語。

三、如何呈現人情義理。尤其是褒揚與批評，這光明與黑暗的兩端，最能展現台語的強度，厲害的候選人可以黑白顛倒，席捲民意！

總之，你可以不認同其政治立場，你可以鄙視其虛偽粗俗，但你絕對可以在汙泥之上，發現蓮花般綻開的妙語。

往野台奔逐去

政治人物演講的套路，就那麼幾種，聽到一定的量容易變得油腔滑調，所以，淺嚐即止。

要聽現場口語傳達，還可去廟口與夜市，尤其是舞台主持人與拍賣者，因是吃飯的行當，其口才自不待言。為了吸引觀眾的注意，會不斷耍哏講笑話，賣弄誇張絢奇的語言製造效果，迷惑群眾。

同樣的，也要淺嚐即止。

台語真正的口語藝術，當然在傳統表演。雖說現今比較沒落了，歌仔戲與布袋戲的語言藝術一樣大有可觀，不僅在廟會與慶祝場合，各地政府與民間單位也常邀演，得好好把握。

這是相當過癮的追星方式，南北各地去追逐歌仔戲與布袋戲，猶如跟隨媽祖遶境……或有人說，在家看影片不就得了，畫面聲音清晰，還可以吹冷氣不怕日曬雨淋……不不不，現場的感染力特強，而且，會聽到台語人針對劇情品頭論足，戲臺下語言之犀利，甚至比戲臺上更為精彩。

新劇場新語言

有舊就有新，有外就有內，進劇場觀賞表演，可學習更為精緻的語言。阿聰我為了學回台語，曾渡過一段「劇場人生」，凡標明台語發音的表演就買票進場看，到兩廳院、大稻埕戲苑等各地表演場地。尤其是新式的舞台劇與歌舞劇，創作者將台語現代化，口白或唱腔往往比野台用心。

綠光的「人間條件」系列，不必說，已是A咖的經典了。音樂時代劇場的「台灣音樂劇三部曲」：《四月望雨》、《隔壁親家》、《渭水春風》，還有將葉俊麟創作的台語歌詞演繹為愛情故事的《舊情綿綿》，在咬字與音樂的融合上，相當有高度。

在北部看台語新劇，鎖定金枝演社，戲路分為胡撇仔（ôo-phiat-á，歌劇 opera）、羅馬史詩改編等系列，結合歌曲與唸白，喜感時超級爆笑，情深時娓娓道來，全台四處走演，有歌有舞，精彩好看。

至於中南部的嘉義，則有耕耘多年的「阮劇團」，一年一度的經典大戲如《熱天酣眠》、《ㄞ國 party》、《愛錢A恰恰》，將西方文學經典改編為台灣在地版，於詼諧逗趣中轉化古典戲劇元素，年輕演員用台語創造時代的新語言。阿聰我也曾上台客串，才發現，私底下說話與檯面上的演出，真是天差地別，緊張到冷汗直冒、手腳發軟。

但要聽最「本格」的台語，莫非歌仔冊與七字仔唸歌。榮獲國家文藝獎的楊秀卿阿媽，是國寶中的國寶，邊彈琴邊唸謠，七字一句鋪演故事，時不時蹦出經典橋段，歌唸著唸著台語就漂亮起來囉！

導覽遍地開花

還有一種公眾的演說形式：導覽。

台灣各地有許多台語協會與繪本故事屋，偶爾舉辦全台語的演講與解說。而博物館、美術館、地方文化館或產業小旅行，我會刻意尋找「台語導覽」，尤其是電子器材，鶯歌陶瓷博物館是模範，以厚實的文史調查打底，敘述活潑豐富，孩子也愛聽。

這是台語公眾化的關鍵，除了全台語演講，各地的文化單位與導覽人員，更應該用在地的腔調導覽。以台灣腔調光譜的兩端為例，在宜蘭就用宜蘭腔，鹿港就用鹿港腔，透過導覽人員的集訓與互動，可凝固腔調，也因跟外界的接觸，更能顯現特質，一舉數得，內外兼顧。

記得這個命令：指定全台語導覽，聆聽最在地的用詞與知識，還可以來個南腔北調大碰撞，何樂而不為！

職業：實作才是王道

若你從事以下工作，要先恭喜你，學台語不僅免錢，事業還會蒸蒸日上：醫療、法律、政治、公職、服務、行銷、警消、餐飲、工程、機械、農業、表演……。

無論你是演員或主持人，小農或中盤，黑手或工廠人，水電或建築工人，廚師或外場，警察或消防員，業務或老闆，櫃檯或接待，老師或公務人員，政治人物，律師或代書，護士以及醫生……只要你工作的場所環繞「台語音」，這堂人生的台語課不得不學！

隨著工作之運轉，做中學、學中做，不分族群國家，不限年齡性別，台語自然而然就會成為當然配備。

以上所列的工作，大致可分為三大類，若要讓台語順暢進而精深，需要一些訣竅與SOP喔！

藉由溝通來建立連繫

在台灣，若從事與人群面對面的行業，台語絕對不可或缺。

舉醫療為例，病人憂煩痛苦時，總是說最熟悉的語言；醫生護士要了解病情，母語溝通最妥帖深入。許多醫生因看診的實務，具備多種語言能力，由於台語是基層人民的主要語言，醫生大多聽說流利，尤其是老醫生，能準確掌握語言與身體的對應關係，經驗豐富。

在醫療、法律、政治、服務業、行銷或公務單位服務，內部溝通或以華語為主，但在面對病人、客戶、選民、家長、民眾時，台語的使用頻繁非常高。因持續且不斷的溝通，台語不僅是工作能力，還成為生命的一部分。例如業務員，為了和客戶**跋感情**（puah-kám-tsîng），不僅得通達精確，還要講得道地動聽，才能贏得客戶的信任。

這就遇到難題了，若本身台語不流暢，該怎麼辦？若在客戶面前表現出疑惑，問又問得不恰當，專業能力會遭受質疑啊！

所以，定要找位台語練達的前輩來追隨，遇到生難字詞、行話或潛規則，私底下請教，認真做筆記。若在公開場合，觀察前輩的用詞與敘述，謹記在心並跟著複誦，反覆練習。然後，應用於實務，有錯就改，改正後就會精進，不斷磨練加強……

語言與能力一起提升，你的經驗與位置，就會層層而上。

熟習術語以提升技術

在某些行業，台語不止是溝通的工具，還承載著技術與經驗，更關乎你在群體中的位置。

尤其是職人，也就是需要熟練技巧的行業，語言更形重要。一道動作、一個部件、一種精神，就關乎成品的好壞。而師傅的技巧與訣竅，往往承載於語言之中，即術語與行話，是平行的溝通，更是縱向的傳承。這些用語，是多少師傅好幾代的口頭磨做出來的，精練如詩，甚至帶點神秘感，是語言的寶庫。

人的一生，難免遇到房屋工程或室內裝潢，為了要和師傅溝通，順勢學習，許多人的台語就此躍升。

無論是廚師、工匠、警察消防員，或在銀行、工廠與中小企業，都是內部凝聚力很高的工作，台語就是轉動的核心。而且，熟習與高深的程度，常與資歷相符，工作越久，**氣口**（khuì-kháu）越道地。

同樣的，從事此相關行業的職人，台語若要精進，最佳途徑就是跟隨資深的師傅或上司，多學、多問、多說，在完成工作或執行業務的過程中，隨著群體共同成長。

語言與技術一起提升，你的能力與工夫，就會越來越接近核心。

磨做口語來表演呈現

第三類，是演員、主持人與口語傳達者，台語作為一種表演，是要來面對群眾的。無論其私底下慣說的語言為何，一上檯面，就得口齒清晰、表達完整，將意念與情緒傳達給視聽大眾。

這就包涵了各種表演形式，無論是電視電影、舞台劇、布袋戲、歌仔戲、節目或典禮主持人、台語教學者等等……這類的工作者，在聲音的精細度與情緒傳達面，非常講究。因此，大多受過訓練，有專門的老師調教，團體延續著悠久的傳統。

舉演員為例，只要生活的第一語言是台語，其發音與腔調問題就不大……這就是問題了，許多相關工作者，在幕後與日常生活都操華語，來到檯面上講台語，就會有些許的不準確。這差別非常細微，但觀眾都聽得出來，這是台語表演與口語傳達每下愈況的原因。

表演藝術是沒有止盡的，台語也是，此類專業工作者，還得保有「批判意識」，批判口中流瀉出的聲音是否精確，用詞是否妥帖，敘述是否流暢，且創造出個人的風格。這就需要充實相關知識，更上一層樓的口語磨錬，建立語言的宏觀視野。

如此，語言與視野共同成長，你的魅力與名聲，就會越傳越遠。

以上，分別從工作的內外，私人與公眾，傳承與群體等，來談台語與工作的關係。分析歸分析，關鍵只有一個，全台語對話與思考，不要說前輩與同儕，全世界的人，都會來幫你。

觀念篇

III

打造理想的社會

母語家庭：對話是最好的教養

女兒仍未上學前，全家去北海道旅遊，悠悠哉哉來到洞爺湖畔的旅館，泡完溫泉正舒服，落地窗外是純淨的景緻和浮世繪般的湖中島。我翻閱旅遊手冊，才知曉，洞爺湖是入冬也不會結冰的「不凍湖」，遂跟太太說：

洞爺湖冬天袂結冰。

沒想到，剛學會說話的小女兒竟接話說：

冬天袂見笑（bē-kiàn-siàu，不要臉）！

此話一出，引得全家在榻榻米打滾狂笑。這樣的「哏」與笑話，真是台語獨有。太太有寫日記的習慣，一天至少可記錄一則孩子的笑話，做為「母語家庭」，真是其快樂也無比！

都會區的教育潮流

話說回來：什麼是「母語家庭」？

在台灣，指家長堅持和孩子說母語，藉此連繫情感，傳承文化，凝聚時代新精神。相較於外在環境全面華語化，此為一家之內的教養理念，多在台北等台灣各都會區。母語家庭之間也會互相連結，組織團體交流，營造語境，舉辦活動，並廣為宣揚。

現代社會中，語言之存續繫乎：媒體、學校、社區、家庭。以台語為例，媒體與學校的資源匙少，而中南部孩子台語之所以較流暢，乃因山村漁港、農村市鎮等生活環境到處是台語（這是理想狀態）。至若都會之中，社區缺乏語言支援，連一家之內也隨之華語化，尤以移動至新發展都市的小家庭，最為辛苦。

「母語家庭」乃權宜名稱，是「語言平權」未達標的台灣社會，家長自覺自發的理念與實踐。

猶如一九七〇年代以降，台灣社會追逐經濟成長，拓築道路大量起造人工建物，捨棄公共空間與公園綠地，更忽略人類最基本的生活機能與文化需求。母語家庭，猶如在都市開闢綠地，希冀生機蓬勃、空氣清新，營造多元且人性化的語言環境。

生命之智慧延續

那麼，如何建立母語家庭呢？

不斷和孩子親密對話，是最簡單也最有效的教養方式。營養過剩之電視媒體與科技資訊，只會讓孩子的腦袋虛肥。嬰兒最佳營養來自母乳，和孩子對話，母語最好，何止傳遞知識與感情，也傳承了父母阿公阿媽的生命歷程，更是族群與大地的智慧延續。

我家老大正牙牙學語時，為了孩子更好的教育，遂和太太改變華語的習慣，用我們的母語「台語」和孩子溝通。過去，因不當的語言政策，出生於一九七〇年代的我們，母語橫遭扭曲，我們夫妻的台語還算流利，但要敘述完整、腔調端正，仍有一些困難。

首要做法，就是請阿公阿媽跟孩子講母語，我們父母在旁可以跟著學習。仍未正式入學的孩子，生活核心就三件事：**睏**（khùn，**睡**）、**食**（tsia̍h，**吃**）、**耍**（sńg，**玩**），以此為核心，來轉動孩子的成長與教養，熟習的就成句成段教導，不知道的就請阿公阿媽長輩支援，將那些被華語取代的日常語，好好講回來。

這是孩子、父母、阿公阿媽三方構築的感情網，更是母語環境的第一步。

台灣國語怎麼辦？

每次到外頭蹓躂，路人聽聞我們親子全台語，多是稱讚與鼓勵，有時還會多教我們幾句。許多爸媽下定決心，回家也要跟孩子講母語。

正面例子多，負面的反應也不少，主要質疑如下：一、會不會講「國語」？二、台灣國語怎麼辦？

不可諱言，這會引起母語家庭的緊張、疑慮與害怕，但那些質疑，其實都是幻想，原因如下：

一、不同於以往的環境，當代孩子的成長可說無處不「國語」：無論電視或網路的兒童節目與教材，幼兒園、圖書館、親子書店，「台灣華語」的教育資源何止豐沛，簡直過剩。相較於阿公阿媽父母那輩，資訊與交通或許不發達，如柯文哲剛上小學時因不懂「國語」哭著回家的例子，幾乎不再有。

現下環境已是華語籠罩，其他本土語言反而聽不太到。然而，大眾對語言環境的印象仍停留在舊時代，仍未更新。打個比方，明明人手一支智慧型手機，還以為投幣式電話正流行，豈不荒謬？

二、俗稱的「台灣國語」，指受本土語言影響，發音用詞不太標準的華語，常受到公眾媒體與學校機關的側目。

回頭想想，孩子自己會創造台灣國語嗎？其實，是因為父母家長本身就台灣國語，孩子才會台灣國語的。

母語家庭都會堅持原則，講母語就講母語，講華語就講華語，將兩種語言切分得清清楚楚。如此分流的結果，孩子不一定百分百標準，但至少明白兩種語言的差異。

詭異的是，許多孩子連母語都聽不懂，講話卻「台灣國語」？上一代的長輩可在原、客、台、華之間轉換自如，但為何到孩子身上，不僅失去母語，連「國語」都講不好！

就學後怎麼辦？

但我家遇到最嚴厲的質疑，莫過於以下的警告：「沒有用啦！去學校讀書後就不會講啦！」為此，孩子上幼兒園前，我相當擔憂，遂跟太太深談，決定只做一件事：

在家講母語，在外隨便你。

孩子剛入學，會因從眾改變語言習慣，摻入大量「國語」。為此，放學回到家，我們父母回話只說台語，孩子若講華語就回：**聽無**（thiann bô，**聽不懂**）！只要固守此原則，孩子語言的混雜問題可大致解決。許多我這一輩的，就算在外頭成天講華語，回到家母語流暢自如，雙語甚至三語能力都相當強。也就是，我們父母可以，下一代不會有問題的。

還會有意外收穫。

現在，我家孩子放學回家，會將上課過程、學業內容、同學互動，一五一十傳述，將學校聽到的華語轉譯為台語，不會說的，阿公阿媽父母補充；混雜的，就訂正釐清，這不是最好的親子互動嗎？

在轉譯的過程中，孩子就會動頭腦分別語言的差異。例如華語的爬，台語也用**爬**（pê），但那是手腳並用；若蛇般滑行，精確的台語是**趖**（sô）。也就是，語言不只是語言，更是狀態與事理的釐清，藉由語言的轉譯，讓孩子逐步發現這世界之奧妙。

多語有益智力

許多研究與國外的例子顯示，多語轉換的環境，有益孩子的思考與成長，這樣的報告與文章數不勝數，去找谷歌大神就對了！

我家孩子剛上小一，本土語言教材本來選「閩南語」，但實在太簡單，於是改學客語。照此發展，孩子不僅台語、華語流利紮實，還可多學一種客語，更不要說因台、華轉譯累積的經驗與能力，去學習英文等其他外語，一個孩子自然而然的、高高興興地學會四種語言，何樂而不為！

此外，關於孩子的教養，原則很重要。例如看影片或手機嚴禁超過十五分鐘，每天有限量等等……但身教更為重要，你教訓孩子不能沉迷3C，自己卻成天玩手機，這怎麼說得過去呢？我和太太本以華語對談，現在全台語，身教最有效。若一方較不流暢，互相教導學習可為感情增溫；若母語不同，例如客語媽媽原住民爸爸，那更好，孩子自然就會兩種語言。

語言是多多益善，只要釐清原則，貫徹到底，孩子不僅不會混淆，頭腦還會更為敏銳清晰。

識見．時潮．大自然

然而，母語家庭最怕的，是教育體制的門檻與縮限，就怕孩子學業成績跟不上。

所有的家庭都會思考孩子的教養與學習，當父母的考量細膩到文化與語言的層次，揪出現況的錯謬並從自身改變起，就像母語家庭，孩子已站在堅實的基礎上，學業與未來的發展，會往正面發展的。

社區之內若有母語環繞，是學習語言的最佳狀態；至若台灣的新都會區，在媒體與體制仍未完善的當下，母語家庭是最踏實的做法。

這些自覺且充分實踐的母語家庭，正在為下一代打下厚實基礎。錯誤的都市發展，是將樹木夷平，塞滿人造物，濫用經濟與社會資源，與人性違抗。具遠見的都市規劃，就像台灣大學的社會科學院新館，以學院豐沛且嚴謹的知識為基礎，且配合在地環境肌理，將伊東豊雄那柱體與屋頂流線無痕、乳白煥亮新質感的建築融入其中。更美好的是，有水池與草坪清新環繞，落地窗面對大榕樹與烏桕樹。

新時代的母語家庭，以紮實的識見打底，感受新時代的明亮，在大自然之中奔跑、歡樂、成長。

父母需牢記：我母語講不好，是時代的錯；下一代講不好，全然是我的錯。

公共政策：就是要台語電視台

請問，在家裡頭，你面對「圓形」與「方形」的時間，何者為多？講得具體點，你多跟圓臉的家人聊天？還是守在四方的螢幕面前？

這就是現代家庭，媒體與科技漸成生活核心，家人間的互動越來越少，成為「正常」現象。台灣進入現代化後，過半的人居住都市，公寓大樓的方格房間取代稻浪圍繞的紅磚厝，傳統的語境不若過往那般純粹。

上一篇關於〈母語家庭〉的期待，是仍待努力的目標。實際的狀況是，勞苦的父母為了生活奔波忙碌，若無家人支援，多將學齡前孩子交給保母或幼兒園，正式上學後再移交給學校和補習班，親子相處的時間，真的不多。到了假日，家長需補眠放鬆，連繫親戚好友感情，關心家事瑣事網路事，還得自我實現、追逐夢想……跟孩子相處的時間越來越少了。

孩子眼中的爸媽，是四方躍動的螢幕，取代了笑容可掬的圓臉。

幼教節目為首要

現下主流媒體幾乎是華語發音，螢幕字正腔圓，孩子也跟著字正腔圓，家長都自顧不暇了，直接使用通行的華語，哪有心力去思考母語的傳承。

然而，父母最深層的呼喚是：我好想跟孩子母語「無礙」啊！卻是心有餘而力不足，遂在世界的中心大喊：母語沒資源！

許多年輕父母就算有心，母語本身就不流暢，更缺乏時間與精力學習。因此，在台灣的學校環境仍未完善前，媒體就是最好的學習管道。以台語為例，相關的教學軟體、書籍或有聲書不易尋找，就算有也不理想（非戰之罪）。台語發音的影音產品，不是太傳統太艱澀，就是豬哥亮兒童不宜，往往跟當代情境接不上頭。

原住民與客語都有專屬的電視台了，呼應台語人的需求，定要有專屬頻道。

尤以幼教節目為首要，許多基礎生活用語，交給節目裡的大哥哥大姐姐來教；而卡通動畫的製作與配音，更能讓孩子充分吸收。以華語為例，孩子上小學前，就可流暢地敘述生活大小事，幼教節目與卡通動畫效能之高，全球皆然。

單以父母阿公阿媽來傳授母語，其正確性與完整性多少有缺失；透過標準化的影音媒體，再補充童書教材，才是當代孩子學習的最佳管道。

優質化的媒體基地

談到台語電視台之設立，最直接的質疑莫非：八點檔、綜藝節目、行腳節目、布袋戲等等，已充斥大量台語，何必多此一舉？

衡諸台灣本土語言，客語與原住民各族語面臨的是消失的危機；台語也在流失，但檯面上、公領域的發音用詞越來越糟糕，這個問題更嚴重。

舉現下八點檔台語連續劇為例，雖然收視率高、效果強，但演員的發音何止臭奶呆，更混雜大量華語，是折損台語的一大元兇。最根柢的問題是演員訓練不足，各傳播與戲劇相關科系沒有專業的語言訓練，再來是拍攝期間準備不夠，劇本多由華語或台語火星文撰寫，拍攝前再臨時口譯，其發音、用詞、句法，**不答不七**（put-tap-put-tshit，**不三不四**）。

台語電視台的必要條件，在於語言的標準化。先不論腔調差異，至少透過規模化的建制，訓練傳播影視人才，磨做文字書寫機制。尤其是戲劇與新聞之文字表記，直接就用教育部頒定的標準系統。且打上標準台文字幕，對於正音推廣、表達敘述、台文教育，絕對是關鍵樞紐。

就像ＮＨＫ是全球學習標準日語的中心，以台語電視台為基地，來訓練口語、表記、影像人才，且運用媒體的強大影響力，對內向台灣，對外往全球推展。

全台語愛情偶像劇

當下台語人的最大困擾，莫過於用詞與說法之缺漏——也就是這個事物或這個情境，往往不知道「怎麼說」？

受到華語主流媒體影響，新聞節目重複且大量的言說，改變了平民大眾的敘述與思考模式，這是潛移默化的。也就是，若台語不知如何表達，直接轉用華語說法，這，就是媒體語言流之滲透。

台語新聞實居關鍵。事件的傳述與評論，得透過電視台捏塑適當的言說方式。語言若要精練好聽，背後需電視台的資源與經驗累積。而新聞的評述與議論，更能展現台語的強大能量。

無論是新聞、戲劇、教育、娛樂、生活、知識節目等類型，透過台語電視台，讓台語的用字與敘述，普及且流暢。

譬如氣象預告早晚溫度落差大，建議大家多穿件衣服，台語可如是說：「**早暗氣溫的起落**（khí-lòh）**真大，勸逐家**（ta̍k-ke）**穿較燒咧，加疊**（tha̍h）**寡衫**。」

可以預想，用台語來直播棒球、籃球等體育賽事，是多麼生動刺激；且為外國來的卡通、影集、熱門電影配音；地毯式介紹在地知識，比較腔調，製作科學新知節目……

最完熟的目標是：全台語發音的都會新潮愛情偶像劇。

會賺錢的電視台

除了文化理念，就現實面來說，台語節目就是收視率保證，例子真是舉不完：黃俊雄布袋戲、楊麗花與葉青歌仔戲、天天開心、親戚不計較、鐵獅玉玲瓏、豬哥亮歌廳秀……更不要說仍居收視鰲頭的八點檔本土劇。

讓我們來回顧歷史，縱覽全球。

電視進入一般家庭後，有哪個國家哪項傳統表演，可像黃俊雄布袋戲這樣風靡，收視率近乎百分百？傳統表演在台灣，與其他國家最大的不同，乃在電視媒體與商業市場獲得巨大的成功，至今依然。

台語電視台有賺錢的大可能。

且其市場不侷限於台灣，還包括福建、廣東、海南島、東南亞與全世界的閩南語族群，據維基百科的資料，人口近五千萬。其實，台灣早就在經營此市場，既深且厚，若有電視台集中資源與力道，可創造更龐大的商機。

台灣人懂得經商，精於算計，在文化層面往往拱手讓人。人說文化是門好生意，語言當然也是，想想英語與日語，還有新崛起的韓語，台語當如是。

台語委員會之必要

然而，在建立台語電視台之前，許多的外來語與新詞，需要依循的標準。舉例如馬卡龍、粒線體、阿凡達、麥可・傑克遜，若要在全台語電視新聞台播送，那要怎麼說？

定要有台語委員會。

就像法國的法蘭西學院，巨細靡遺地整理法語的龐大歷史遺產。面對新詞與外來語，法蘭西學院也定期公布標準，至於採用與普及與否，交給社會大眾選擇，但至少有依循的標準。

長久以來，台語多在民間流傳，遭受政府體制與學院機構忽視，是以許多用詞並未隨著時代演進。日治時期官話是日語，國民政府改用華語，一直缺乏具公信力的機構來整理規範。

此乃成立台語委員會的堅強理由，透過官方的力量，彙整前此豐沛的研究成果，釐清漢字正字、羅馬音標記、腔調方音、字源析義等等爭議。此外，各學科行業的專有名詞、外來語、流行語等等，也要研擬出依循標準。

透過委員會的力量，讓台語透明化、標準化、普及化。

體制才是長久之道

請問，在台灣的華語，有沒有消失的危機？

幾乎所有的台灣人都會搖頭，覺得多此一問。政府、媒體、學院，是一個國家上層結構，華語為何沒有危機？乃因這金三角鞏固，尤其是學校，從最基礎幼兒園讀到研究所，多是華語教學。

存續語言最堅實的基礎，是現代國家的教育制度。

台灣的國民小學雖有六年的本土語言課程，其成效並不佳。許多本土語言教師非正式聘任，缺乏月俸、福利與制度的保障，難長久紮根。更關鍵的原因是，沒有考試，老師家長缺乏急迫性，上國中後就非必修，學生基礎薄弱，很難形成語言的慣性。

要改變這樣的現況，立即有效的做法是：台語列入考試項目，成為甄選標準；經過縝密討論規劃後，大考作文可選台語文；且成立台語學校，從幼兒園到高中一貫教學。（其他本土語言亦然）

這路途看似遙遠，但許多先進國家如紐西蘭的毛利語，法國的布列塔尼語已實施多年，成績斐然。

一個多元民主的國家，就該如此。

母語復振運動

台灣的母語復振運動，多年來細密且紮實地推展著，各語言的能人志士，巧用心思、運用媒介、策劃活動，要讓語言回歸正常化。

就「台語」而言，每天在網路與社團的討論，猶如史豔文大戰黑白郎君，熱烈且激昂。建立語言理想國，底層要社區、家庭、學校三位一體，上層結構得政府、學院、媒體聯手合作，才能達到上下一同的效果。

總合以上所言，個人認為其理想進程是：

一、組織台語委員會，解決爭議，製定標準，讓媒體大眾有所依循。

二、設立台語電視台，透過媒體力量，讓標準化成果得以散播普及。

三、保障本土語言教師權益，台語列入考試與作文範圍，成立學校。

學習書寫：來跟台語文談戀愛

台語的文字化，從十九世紀的「白話字」開始，歷經百多年演進，二十一世紀官方頒訂標準，已趨近完熟。

也就是，可以勒起袖子，放手用文字來寫台語了！

正軌的學習法，是去上台語書寫課程：從羅馬拼音、台語漢字、短文練習開始……台灣人都有漢語與英文的基礎，很快就可上手，且不乏學習資源，要學並不難。

然而，對於課業繁重的學生，為生活奔波的上班族，得同時照顧孩子與長輩的中產家庭，真是沒時間！沒力氣！沒腦汁啊！

阿聰我的心路歷程是：從排斥，感興趣，蜻蜓點水到讀寫自如，現在常在對話框用台文跟朋友打屁聊天。此能力可不是寒窗苦讀、綁上「必勝」布條拚來的，而是抱著以結婚為前提，跟台文談戀愛的心態！

以下是台文書寫學習懶人包，透過「字」的六種變化，來跟台語文締結良緣：

一、溫字：將華語譯成台語

先不要急著碰羅馬拼音，學日文般拿出五十音表開始あ、い、う、え、お頭痛皺眉頭……與台語文剛認識，散散步吃吃飯，先培養一下感情啦！

可多利用戀愛小技巧，你隨口說出一些華語，順勢翻譯成台語。例如電腦直接說**電腦**（tiān-náu），眼睛的台語是**目睭**（ba̍k-tsiu），這簡單，但「私奔」的台語是……不知道耶！怎麼辦？

那還不簡單，阿聰說過多次，請手機上網，打開「教典」網頁，選「對應華語」，鍵入「私奔」兩字，立刻跳出：**綴人走**（tuè/tè-lâng-tsáu）。

當然別急著跟台文私奔，慢慢來比較快，讓教典成為你的約會小幫手。日常生活中，只要雙眼瞥見、對話蹦出、發呆時晃過的台語詞，隨即一指上網查詢，此幫手功能多多，有台語漢字、羅馬拼音、詳細解釋等等等等，且按下右上角的小箭頭，還會發音喔！所以是「教典」，會叫的辭典啊！

戀愛初期，多是彼此摸索，由淺入深來瞭解。同樣的道理，一時在教典找不到的語詞就先擱著，不必打破砂鍋問到底，才剛開始啊！別急囉！

感覺來了，就來查一查，每天一點點，培養台文 fu！

二、拆字：羅馬拼音真有趣

若你真的忍不住，想要迅速讓感情升溫，就要掌握重點，直取核心。純純的愛，多從聊天中滋養，語言之學習，首件事就是「說」，說得動聽，說得準確，講入去**心肝頭**（sim-kuann-thâu，**心裡頭**）。最怕磨擦誤會，成為分手的導火線。

是以，台文要好，拼音得正確。（這可是鎖死對方的絕招）

耍一耍小心機，每次查教典定要按下發音鍵，口舌跟著唸，然後比對羅馬拼音。例如，唱歌的「歌」，拆解成音標就是kua，聲音的頭是舌根頓一下的k，這叫聲母；末尾的a乃韻母，要把嘴唇喉嚨同時放大；中間還卡了一個介音u，嘴唇圓嘟起來就行……好啦！好啦！阿聰又在搞語言學了！各位先不要管！你們只管在跟台文約會時，甜言蜜語跟著教典發音。

先鞏固基礎發音，遇到跟注音符號與英語音標的相異處也不要管，先擱置爭議，免得吵翻天。

然後，準備禮物，鎖死戀情。

請上網搜尋「台語羅馬字學習」（見頁二五二），進入相關台語教學網，用一段完整的時間來學習，當作定情大禮。常查詢辭典的你，會越來越有 fu，所以牽牽小手，走在羅馬字的感情路上，月亮星星會為你閃耀。若覺得疑惑與障礙仍多，台灣各地有相關課程，不要猶豫，立刻就去報名！

此外，台語的拼音系統，主要分為台羅與教羅兩套，教育部製定的標準是台羅。阿聰的看法是，兩種都好得不得了，只要學透澈即可，這條感情路要一直走下去啊！

三、讀字：熟習台語漢字

我們在學校讀的「國語」，也就是華語的漢字，跟台語文有許多差異。剛剛開始，會覺得台文漢字群魔亂舞、奇形怪狀；有些和華語的長相一樣，意義天差地別（請上教典查「齷齪」）……這樣的困擾，就像剛戀愛時習慣與偏好不同，愛人想走左邊，你要轉右邊；愛人偏愛路邊攤，你非高檔餐廳不去。戀人相處得互相了解，更需要共同學習成長，就像你學「國語」那般，國小到國中畢業加起來九年，還不一定學得好，台語漢字也需要時間用功一下囉！

但為何這漢字這樣寫？不是那樣寫？我覺得這樣？別人又認為是那樣？

教育部頒訂的台語漢字，其背後有複雜且精細的理由，就交給專家學者去傷腦筋。將台語文當作戀人的你，就好好愛著眼前的她／他，不必打破砂鍋問到底，共築溫馨的小窩比較要緊啦！

具備羅馬拼音與台語漢字的基礎後，就去教育資源網站（見頁二五二）下載台文作品，點開附加的聲音檔，邊讀邊聽，雙管齊下，感情會更加融洽喔！

四、鍵字：輸入法真方便

除了甜言蜜語，想要長久在一起，得適應彼此個性，在生活與習性上契合。

這時候，請下載台語輸入法（見頁二五三），打開你的電腦，或在手機配備APP，用台語來打字拼音。台語輸入法，是你戀情提升的關鍵，好處說不盡。

一開始打字，往往拼不出來，這時候配合教典，找出你要的字，直接鍵入拼音與調值。兩人的相處，不就是從去除那一點點不妥與障礙開始的嗎？輸入法也是，初期看著鍵盤笨拙地操作，許多字怎樣都打不出來，真是懊惱啊！如此一次、兩次、三次之後，有些常用字不費思量就打出來，真的很爽快！順著這般的爽快，一個字一個字、一段話一段話累積，你的打字速度就會越來越快，到最後跟華語輸入法的速度差距，會從百倍、十倍到不相上下。

輸入法的另一好處，就是校對發音，如同順應愛人的習性。例如「心」這個字，要鍵入ＳＩＭ（猶如手機智慧卡），發音的最後是嘴巴要閉起來的Ｍ，因為輸入法，阿聰常發現自己許多發音的錯誤。透過輸入法，還可熟習台語漢字，有時打出第一個字，後頭跳出字詞選項，阿聰邊挑選邊讀，就認識了新的詞彙……

讓輸入法成為習慣，透過反覆的輸入操作，自然而然提升台語功力。

五、取字：捕捉聲音的魔法

喔！準備要論及婚嫁囉！不只是兩個人的事，各種人情世故與突發狀況都會發生。這時，你得具備隔空抓藥的超能力！

這項超能力，就是去記錄別人的話，聽一段聲音檔，用文字表記下來。

可以從教材開始，閱讀課本，憑聲音來鍵入台語漢字與羅馬拼音。這看似很難，其實你只要會輸入法，這項魔力自然就具備，而且各種法術都有，相當神奇。

看台語劇聽台語歌時，耳朵一捕捉到精彩的字句，立刻就用文字記錄，可重覆播放的影音更佳，就此逐步累積，製作自己的筆記。就像與對方的親戚見面一樣，害羞定是有的，只要溫謙有禮進退得宜，不僅讓另一半安心，還可以拓展人脈資源。

然後，走入人群中，在菜市場、小吃攤、廟口等台語人聚集之處，好字句會如蝴蝶翩翩飛過，請靈巧地捕捉下來，壓進書頁或攝入手機，以此充實台語讀寫能力！

六、寫字：我是台語放送頭

美滿結局，跟心愛的人終成眷屬；結婚登記，展開台文書寫的大無限。

寫什麼？怎麼寫？如何發表？很簡單，華語有啥，台文就有啥。

初期，阿聰使出「一口氣台文」，短短的一句台文配合圖片，貼上臉書，簡單俐落。然後，試圖將句子寫長一點，化作「心情小語」，上網與朋友切磋琢磨。慢慢的，濃縮成詩，押韻分行成美妙的聲韻與意境。如此越寫越長，寫日常生活心情、計程車物語、時事評論、語言研究……反正反正，華語的臉書文有什麼，台語文就有什麼。

文字的用途是百百種，就像婚姻生活有各種樂趣，在家煮菜、逛街看電影、出國旅行去……都是夫妻感情的熱點。何不將這些點點滴滴寫成台文，在費心尋找單字、揑塑語句之際，逐步奠築自身的台文世界。而且，台語文跟聲音是緊密相連的，是許多台灣人最日常的事物，你可將生活中的對話鎔鑄入文，讓形象與語言活潑躍動。

因台語的音韻與生活感，讓書寫不只是紙上文章，請大聲唸出來，錄音或錄影，成為朗讀音檔，精彩短片製作微電影！如此文字與聲音的交相躍動，放在充滿科技感的網路平台，讓台語在這個時代展現跨界的繽紛色彩。

以上六道戀愛步驟，最好依序進行，跳著搭配使用也可。

在二十一世紀學台語文，就要現代化、趣味化、生活化。

快快樂樂，甜甜蜜蜜，如同談戀愛，跟台語文長長久久！

台語文學：大採集大創造時代

剛開始只透入微弱的光，聽到細碎的聲音，那是若有似無母親溫柔的呵護，時間遙遠那端有朦朧的歌仔戲歌聲，偶爾是子彈般穿射過的髒話……很快就陷入喑啞死寂了。

我在幽深的洞穴中行走，手中持拿著單字與拼音，靠著這僅有的工具摸索。走著走著，試圖在岩壁上書寫字詞，然後成句、成段，有時候是詩句，吟誦出來化為歌詞。我試著預想浩渺網路世界的可能，開始寫些議論批評、旅遊札記。我在幽黯的洞穴中書寫，靠著僅有的微光，將腦中的幻想化作一篇篇故事，偶爾聽到外方異域的聲音，試著將他翻譯、瀏亮。

我總是邊寫邊唸，完稿後朗讀出來，本在嘴邊如螢火蟲般的小巧聲音，在這個洞穴中，被放大，傳遞，產生迴音……

我邊摸索邊行走，艱辛地來到光亮的彼端，窄隘為之一開，眺望那廣袤豐饒的曠野……

台語文學第三波

以上所述，是我學習台語文的心路歷程，本來是只會說的文盲，藉由漢字與拼音，我開啟了文學的新天地。

談到台語文學的歷史，一九三〇年代的「台灣話文運動」乃首波；第二波則在一九七〇年代，華語文學的鄉土論戰正激烈，台語文學於政治之高壓下，艱苦的萌芽茁壯；到了二十一世紀的這當頭，第三波正風風火火。此波台語文學運動奠基於先賢打下的創作成果，加上學者專家的語料彙整，與前此的局面迥然不同，最大的差別乃：體制化、標準化、科技化：

體制化，就是從民間走入政府，有機關單位負責台語相關事務，且進入學校教授「本土語言教材」，加入「全國語言競賽」系統。

規格化，乃政府訂定基礎的漢字與拼音依據，且有檢定考試與課程推廣等措施，讓大眾有所依循。

科技化，指各種影音媒體與科技輔助教材，且在網路靡不至的當代世界，於臉書與 YouTube 廣為傳播。

雖在觀念做法與推展扎根上仍有許多不足，這二十多年來，在政府學校與民間團體通力合作下，資源與面向多元且開闊。第三波的台語文學創作者，可以不經由華語，直接就從台語文入手。

現代台文SOP

吾輩何其有幸，作為第三波台文創作者，有豐沛的工具與環境來支援。

個人以為，首要的任務是建立「現代台文SOP」。

簡單的來說，就是閱讀與書寫的「範文」。因政治社會教育種種因素，台語沒有跟著時代充分現代化，許多當代生活的名詞與用法，往往被華語取代。口語有聲音、動作、情境的輔助，書面語缺乏這些特質，卻有字形的視覺傳達與排版設計，閱讀較為緩慢可反覆咀嚼，最重要的，是文字脈絡的架構與拓延。

過去，台語大多是口耳相傳的，全面性的標準書面化後，定會有所調整。以當代華語為例，從文言文，半文半白，到現代華語的確立，透過新聞媒體的傳述，文學作家的捏塑創造，還有學校課文的定型，讓大眾熟習這套語言的範式。

這些都是台語文需奠定的基礎。舉例來說，如何用道地的台語文，讓學生流暢地寫日記，討論社會議題，傳述旅遊見聞，抒發百般心情……從日常生活到國際新聞，如何順著台文的脈絡，寫出準確完整、饒具風格的文章，這就是「現代台文ＳＯＰ」。

口語全面書面化

但在建立台文書寫的範本時，常會遇到不知如何述說的困境。主要的原因是「文本不足」。現有的台文書籍、語言資料庫與學習教材固然豐富，但還不足以撐起文學的浩大版圖。

所以，要面向過去而生。

最豐富的文本就在口語，個人認為，得藉由官方製定的表記系統，將這龐大的口語書面化，層次如下：

除了已有文字記載的白話字、歌仔冊、戲文等等，最底層也是最廣闊的，就是常民的口語，從字詞、熟語到敘述模式，需要現代化、標準化、科技化的書面記錄。許多研究者與文史工作者，已完成豐厚成果，希望這能力能紮根大眾，全面地記錄並流布分享，建立一清楚之網絡。特別要將各行業、地方、人物的專門用語整理出來，例如廟宇文化，魚類知識，以至鹿港腔與宜蘭腔等等……

而台語口語藝術的極致，莫過於傳統表演：歌仔戲、布袋戲、七字仔、講古、影視表演等等。這些口語藝術家的成品，在取得授權後，需要全面的文字化，且以影音照片輔助記錄，爬梳精華，讓想學習或領略台語藝術的人，有書面的讀本可依循。

台語地理雜誌

下一步，就是上山下地的採訪。

要更深入更立體地記錄台語，現場感絕對不可或缺。就雜誌而言，如同美國《國家地理雜誌》，或是台灣曾有的《大地雜誌》，現《鄉間小路》等各地風土誌。當然還有書籍出版、廣播電視、網路媒體，這樣結合風土、工藝、人物、語言的報導文學，是台語保存、傳述、創造的重要平台。

這是多層次的建構，從採訪人才與語言技能培訓，記錄過程的模式與技巧，再到書寫規格與角度，在在需要以台語文為核心，結合豐富的知識，透過「報導文學」的手法，充實台語的文本。

舉閩南式廟宇為例，台語地理雜誌的製作團隊，先要有基礎的知識背景，在採訪過程中，要將專有名詞、建造過程、專業技巧詳實記錄，且製作表格、描繪圖示、拍照與錄影。而廟宇的結構實在太繁複，在充分吸收瞭解後，還要以貼合現代人生活脈絡的語句來傳達……台語地理雜誌的建立，猶如蓋一間廟，需要時間來砌築，循序漸進。

翻譯與創造

前者所談的，多是過去的整理、基礎的釐清，而同一個時刻，還可以做橫向的移植轉化。最易入手的，是從華文翻譯成台文，由於兩種語言比較接近，有輕鬆易於翻譯的，也有語詞涵義跨越甚廣的，但最困惑的是太相近難以分別的。

例如華語的一班車，指一趟車次，台語的**班**（pan）沒有「次、回」的意思，正確要用一**幫**（pang）車，尤其是台語歌的字幕，歌手唱一**幫**（pang）車，但字幕標示一**班**（pan）車，此聲音與意義差別太細微，現今都混用了。再說孩子慢慢長大，個性一陣子一陣子會變化，你台語若說一**陣**一**陣**（tsūn），立刻會被長輩糾正，說那是指風，孩子一個階段一個階段長大，會說一**站**一**站**（tsām）……

透過華台翻譯，可比較兩種語言的差異，進而釐清其間的殊異性。

此外，台語在外來語與新詞有大量的空缺。如國外人名與地名，科學知識，還有流行時尚等等。以國際語言「英文」為主，直接翻譯入台文，是一種語言的轉化，更是新的創造。

最深遠的影響是，許多文學的創造乃因異國語言的撞擊，形成新的風格與觀看世界的嶄新視角。如佛教的梵語進入中國，在轉化的過程中讓漢文有了新涵義。一九六〇年代，以台大外文系為主的《現代文學》雜誌，也因迻譯西方的文學作品，深化了台灣的華語文學，並有突破性的發展。

台語文學也是，得透過翻譯再創造，在台語文建制標準化之前多是零星的，從現在開始，可以彙整支流，讓大河開闊磅礴。

多元介面的拓展

關於台語文學運動，文章開始所說的第三波，其主軸是「眾語言平等」，台語如同英語、華語，皆可述說萬事萬物，尤其是文字書面化之後，台文書寫的內容、主題、風格，可與華語平行同列。

展望未來，回首所來徑，台語文學的基礎工程既遼闊且深遠。有志創作者可找一條路線來耕耘，以舊有文本為基礎，寫出風格獨具的作品。

也就是，透過語料的書面化，採訪與報導的記錄，橫向的翻譯瀏整，最最重要的，是作家的凝鑄，展開大採集大創造的文學新時代。

老屋欣力：語言定是門好生意

深夜的台北街頭，我拉開橫式木門，走進日式居酒屋。剛落座，外場隨即遞上菜單，我這個孤獨的美食家，點了一杯清酒，一串燒烤，沙拉與炸牡蠣，外場跟我確認時，娃娃音真是酥軟入骨。

溫馨小巧的居酒屋空間，L形吧台乃空間之核心，我坐在短邊，可全覽長邊切分出的內外場。外場清一色女性，口操華語，負責點餐端盤，跟客人互動。吧台的另一側是內場的廚師，工作是備料切菜、烹煮擺盤，清一色男性。

題壁的簽名龍飛鳳舞，是大家熟悉的影視名人。

夜闌近打烊時分，客人三三兩兩，廚師們煮了鍋粥，蹲在鍋爐旁聊天止饑，年紀約二十歲出頭，這兒是台北市天龍國的精華區，應該都說華語吧？

我錯了，年輕廚師的台語相當道地，討論起生活瑣事來，流暢自然。

一條吧台，隔出內外，也劃出了語言的界限。

一條吧台看台灣

這間居酒屋，具體呈現台灣的語言實況。

華語就像外場服務人員，多用於正式公開場合。操持者歷經體制化訓練，透過書本與課程學習，有一套標準的ＳＯＰ，以女性為主，打扮體面。由於顧客來自四面八方，為了溝通方便，幾乎都用華語，偶爾配合客人講些英語與台語。

而內場廚師大多講台語，要不是有開放的吧台，外界聽不到他們的話語。台語就像廚師的手藝，多為口耳相傳，需面對面親身教導，更要實際操作與長時間歷練，有時，還帶點神祕性。廚師間朝夕相處，語言或親切或詼謔，時帶情緒，還有外人聽不懂的行話。

外場的華語，多為服務業，給人的印象是乾淨、整齊，因應流行而時尚；內場的台語，多為基層工作，刻板印象是草莽、活跳、充滿生命力。

有趣的是，服務人員與廚師間的溝通，是台、華語交雜，也就是說，吧台同時是內外溝通的中介地。

從內場走向外場

如此的吧台現象，看似稀鬆平常，其實危機重重。

華語有體制的支持，穩固持續，但台語多野地生、野地長，在台灣進入現代化後，因教育與媒體的華語壟斷，呈現嚴重的斷層。

普遍的現象是，年輕一輩的台語能力明顯弱化。再者，台語被縮限在特定框架：喜感、熱情、滑稽、怪異、霸氣，操此語言者，被歸類於社經地位較低的職業和偷雞摸狗的人物，而且，只有中老年人會說……順此情勢發展，長輩凋零後，台語也會跟著走入歷史。

是以，台語必須跨越吧台，從內場走向外場，開放私傳的手藝，展開對外的透明化進程，成為檯面上的正式語言。

除魅以正視聽

首先，要洗刷以下刻板印象：

一、去黑話：以華語為第一語言的年輕人，若想要發洩、咒罵、吵架，就會蹦出台語，簡直是口頭禪，也就是，台語等同髒話。

二、去丑角：在影像、戲劇、綜藝等表演，喜歡安插講台語的小人物，呈現戲謔、俚俗、粗魯的效果，也就是，台語等同小丑。

三、去神祕：有人對台語懷有朦朧的幻想，認為它是中原正音，極艱深困難，還帶點傳奇性，散發特殊的魔力，台語等同密教。

以上三點，全然是刻板印象。道理很簡單，台語跟其他的語言一樣，該有的內涵與風格都有。只會說台語的阿公阿媽，覺得這是很理所當然的語言，什麼事物都可訴說，沒啥特別的。以上三點刻板印象，全是外界強加的看法，久而久之，竟內化為台語人的認同。

台語其實無所不在，在機場、高鐵、百貨公司；在辦公室、餐廳與醫院；在街頭巷尾、在家裡、在枕畔的親暱私語。

它之所以被定型，乃因過去不當的政治壓迫，不得不從主流媒體與公開場合中抽離。由於教育與政治的扭曲，在公開場合尤其是都會區，就算在場全部是台語人，也慣說華語。

台語要從內場走向外場，在尊重其他語言的前提下，台語定要檯面化，不論是媒體傳播與公開演講，請解開束縛，大聲說出來。

雖說現下的錯謬是，世代越年輕台語力越低。展望未來，比較合理的發展是，無論你是大人小孩，是男是女，無論住在哪裡，從事什麼工作什麼階級。若你認同這套語言，無論私底下或公開場合，請移開橫隔語言的吧台，無所不說，無所不談。

標準化至關緊要

前文談到的表記書寫，也就是台語文字化，是泯除語言界限的關鍵。口語必得有文字之鞏固，才能留存記錄，讓更多的人知道，且據文字做其他的運用與創造。

口語與文字的標準化，刻不容緩。

如同學習日文，依循文部省頒訂的標準，電視要看講標準東京音的NHK。為了讓台語復振，或給全然不懂的學習者從零開始，一套統合且標準化的台語，勢在必行。

以此，來確立聽、說、讀、寫四大面向。

聽，要有標準音（可大致分為偏泉、偏漳）的廣播電台與電視節目，也要有一批語文人才來傳授，讓學習者有所遵循。文字的書寫，以官方頒定為主，得要有委員會製定統一拼音與漢字，並明列外來語與新語的參考用詞。藉此普及於教育機關與行政單位，並推廣至媒體與一般大眾，期能讓標準台語文打下基礎，於橫向地理層面擴展，縱向時間軸線綿延久遠。

腔調之保存綿延

標準音的確立，會有弱化各地腔調的疑慮。

現下只有通行的優勢腔，並沒有官方製定的標準音，腔調已經趨向弱化了。若確立標準語，反能激發各地腔調的意識，讓在地人自覺，並進行腔調的保存。

台灣各地該設立腔調保存的基地與人員，如同便利超商，透過標準化的模式與方法，以影音文字記錄，再透過活動與組織，加強腔調的保存與特質。

腔調多是自然形成的，外在影響較少的地區，通常保存原汁原味。但因人口流動與媒體的無所不在，腔調正一塊一塊受到侵蝕，所以需要腔調保存基地。如同安平腔的復興運動，就以安平腔台語為核心，串連核心意識，凝聚感情與力量。

腔調的多元性，是台語持續活力的源頭。發音和用詞的差異，絕對是討論不完、激盪不完、快樂不斷的泉源。

標準腔是給入門者一個便利實用的路徑，各地腔調的保存，則是給台語人一個精進、思考、比較的憑藉，兩者缺一不可。

台語文是革新的契機

台語本來就有龐大的市場，尤其是台語歌與戲劇。若有標準化的現代台語文基礎，除了文化的教育與傳播，以台語文為基酒，新時代的醇美正在調製中：包括明信片、紙膠帶、T恤、教學影片、桌遊……。

再說台語書寫，除了紙本教材的基礎課程，還有配合唸讀與網路超連接的電子書，若發展成有聲書，或許可開出閱讀的新路，更不要說相關的課程、認證、教學媒體，如同英日語，都是未來的藍海。

但最大的契機，是透過台語文革新歌曲與表演藝術。台語歌與台語劇依舊受到歡迎，但品質不穩定，語言更是貧弱。所以要以台語文的強大資源為後盾，使用標準化文字來書寫歌詞與劇本，這樣，電視劇、布袋戲、歌仔戲才會脫離積弱不振的現況。

台語曾被認定為老舊落伍，但此其時，是改革奮進的契機，文字化實居核心關鍵。

如同風風火火的老屋欣力，將既有的老房子、老職業、老物事瀏亮，融入現代氣息，讓老東西可以有新氣象，並形成新風潮，融入當代生活，煥發新價值。

語言平權：多元和善的新國家

「火星文」與「世代論」議題，總不定期能量釋放，躍上媒體版面。如「搶救國文能力大作戰」、「寫作能力一代不如一代」、「火星文錯字連篇」等等……。

阿聰我可以拍胸脯大聲說，我這一代六年級的，「國語能力」絕對比爸媽的好——爸媽那輩多國小畢業，讀報紙都很吃力了，甭談閱讀與寫作。

相對來說，我爸媽也可以**頓胸坎**（tǹg hing-khám，**拍胸脯**）保證，兒子的台語能力，絕對沒有他們強。

但媒體為何不好好檢討呢？

先戒掉火星文

媒體忽視台語能力的原因很多，核心的關鍵是，相關從業者華語能力已經低落了，台語能力更是跌停板。雖則國家已製定一套文字標準，但相關從業人員工作忙碌，要與時俱進的學習實在太多，有了流暢的華語，台語文學習就放在很後很後頭了。

於是報章媒體遇到台語，多用火星文漢字，除了流俗之外，還可以製造歧義的趣味效果，例如：「阿木」（母親）、「誰心哭」（洗澡）、「喔北共」（亂講）等等，讀者稍稍琢磨，即可捕捉到台語發音與意義，然後，會心一笑。

這是台灣華語作品常見的寫作技巧。

若字句長一點點的話：「阿木嗯吼哇跨典希，料凹，哇咩 key 誰心哭，摁驚哩勒喔北共。」我相信，各位讀者一定會意得出來。

只是，要花多少時間？你有耐心讀嗎？

如果台語是動物園

先不論表記問題，來談某些知識份子的觀點。他們認為，台語火星文可撞擊出語言的趣味，反應現下台灣人語碼混合的實況。

是啊，台語相當有趣，許多文學創作與媒體論述，透過一種好奇的角度，來探索神祕的台語，還可變化出新花樣，這樣不是很有創造力嗎？

這樣說是很有道理啦！那我置換一下好了：

是啊，動物園相當有趣，很多文學創作與媒體論述，透過一種好奇的角度，來探索動物的奧妙，還可變化出新花樣，這樣不是很有創造力嗎？

語言不只是探奇，而是生活中的溝通工具，可以用來詳述知識、推理思考、表達心緒。語言就是人生，語言是你的家，猶如親朋好友街坊鄰居那般日常，輕鬆愜意。

台語不是動物園，而是正常生活。

寫正確的文字與拼音

對孩子而言，台語若停留在唱唱跳跳唸謠，日常對話卻不通順，這是相當大的危機。而大人若只會唱台語歌，卻不好好講台語，學習老是停留在俗諺或笑話，無法訴說所知、所遇、所感，語言的版圖殘缺不全，就無法傳承給下一代。

再強調一次，初初學習台語文，絕對會疑惑，覺得這字好奇怪，那個發音怎麼會是這樣？搞得我都不會台語了！真是亂搞！我認為應該這樣的……一套文字系統定有缺失與不足，但捫心自問，無法讀寫的人叫「文盲」，不懂台語文的你，以文盲之身，來質疑幾百年來多少學者與研究者辛苦建立的書寫系統，請問，這站得住腳嗎？

謙卑！謙卑！再謙卑！這是面對任何語言該有的態度。

眾語言平等，華語擁有的一切，台語都有。使用這套語言，可以暢論天文地理、科學知識、生活瑣事、心理分析、文學藝術、卡通電玩……台語不是令人發噱的小丑、發洩的髒話、怪奇動物園，它可訴說萬事萬物，跟所有的語言一樣，都是無所不包，遼闊豐富的。

台灣的文字工作者一遇到英文、日語等國際主流語言，相當重視正確性，深怕出錯。同樣的道理，若有涉及台語的相關文字，請斷開火星文，打開語言更新程式，寫正確的台語文。

人類權利的時代演進

許多給台語貼標籤的「公共行為」，遭受越來越強烈的質疑與批評。例如，影片中的對話以華語為主，一演到壞人，竟然就轉說台語……更別說公眾媒體對「台灣國語」之嘲笑，引發越來越大的反彈。那些嘲笑「台灣國語」的人覺得很無辜，認為動機沒有惡意，而且以往都這麼做，為何現在不行？

因為社會在進步。

以往是帝王與統治者說了算，一般人民是聽不到聲音的。直到近現代步入民主制度，常民大眾才得到投票權。但想想看，女性的參政權最先從一九一一年英國開始，而且只限擁有資產者。再談到美國，黑人的權益與地位更是經過艱苦卓絕的奮鬥，好萊塢的電影演不勝演。

台灣在解嚴之後，抗爭運動風起雲湧，女性、勞工、原住民、同志的權益日漸提升。這些社會運動，剛開始乃宣傳理念讓大眾認同，在輿論上給予尊重後，推動立法保障權益。台灣這幾年的民主成果，促成了政治、階級、族群、性別的平權運動，文化的平權比較細微難以察覺，尤其是語言，包括原、客、台等語言，也需要在輿論、觀念、法律上，推展平權。

台語沙文主義？

阿聰我在此倡導台語，不免會引發質疑：這是台語沙文主義？

其實，在公眾媒體與正式場合使用台語火星文，就是一種沙文主義。華語的使用者寫錯字，會被檢討與批評，但台語火星文反而無所謂。相對而言，阿聰我這個台語文使用者若遇到客語，會去請教並使用客委會頒訂的正字與拼音。

若我使用客語火星文，那百分百就是台語沙文主義。

沙文主義有很多角度，但不尊重他者語言的脈絡與規範，即「沙文」無誤。

此外，因為歷史的情結積怨，造成族群與語言之間的排擠攻擊。但理想多元的民主社會，就是要讓個人與群體的權益都能得到保障。阿聰我學好自己的母語，瞭解台語曾遭打壓之滄桑，更能去體諒與尊重其他語言。是以，許多新時代的母語工作者，不僅磨利自己的母語，還積極去學習台灣或國際間比較弱勢語言。

台灣已解嚴，但許多觀念仍停留在戒嚴，為何推展「華語」沒有疑義，提倡其他本土語言就是褊狹沙文？

回歸正義保障權益

適才所言，指的是公領域，公私是有分別的。你在私密的空間裸體，那是個人的自由，但到了公眾場合，就要顧及他人的感受。所謂火星文與語言歧視等等，一旦進入公領域，就不只是個人的自由了。

而原、客、台語的語言平權，不僅是表記與言論的問題，還涉及許多政治法律與公眾措施。

除了廣播節目與電視台，公眾場合如博物館與美術館，是否也該提供各本土語言的導覽解說？而國外翻譯配音的影音產品，除了華語，其他本土語言也該列入選項？政府機關的行政措施，該有在地語言的公文？更不要說教育系統中，在地語言一貫的升學系統？

不只是台語，台灣各本土語言，該有更細膩全面的法律權利保障。像瑞士有四種官方語言，法語、德語、義大利語與人口不到百分之一的羅曼語，四種語言一視同仁，都受到政府平等的重視與保障。

過去，國家力量對台語造成許多摧折；現在，就要用國家的力量補救回來。語言平權之路仍長，但這條路定要走下去。

如同孩子學話，一音、一詞、一句話逐步成長，慢慢建構語言的豐足世界，生命也隨之健壯美滿。

後記

在語言的密林中

寂寞的十七歲，我迷戀上文學，以新詩開啟創作。大學與研究所皆讀中國文學，挖掘字詞的奧秘，迷失在浩瀚的學術世界中。退伍後進入社會，從事編輯工作，開始寫散文、報導文學與小說。我書寫的文類與興趣如此多變，幾乎是華語，為何四十不惑之年，轉向台語書寫？

晚餐後，我習慣走長長的路，進入回憶的密林，爬梳出三道脈絡：

一、鄉情呼喚：我出生於嘉義的農村，在紅磚與稻浪間快樂成長，後來雖搬到靠市街的地方，每到假日，便歡欣鼓舞的往阿媽家而去。我們家族是很傳統的河洛人，台語腔調道地，然而，我家住在比較靠市區的地方，在學校又是講華語的「乖乖牌」，很羨慕堂兄堂姐的台語講那麼好。母語承載著純真的童年回憶，潛藏在我心底，直到成年獨立了，有自覺有能力了，想把母語好好講回來。

二、書寫技能：二〇一〇年三十四歲，我離開編輯檯正式邁向作家之路，寫作最大的難題，一直是「台語表記」。《家工廠》敘述的是童年回憶，在工廠與鄉野追趕跑跳碰的趣味故事，人物對話、地方情境、器具動作，都是台語，用華語來書寫，怎樣都搔不到癢處。之後，報導文學《海邊有夠熱情》，筆端指向高雄海口的信仰與漁業，長篇小說《晃遊地》以嘉義市為主場景，一直到《基隆的氣味》的市井採訪，對話幾乎全台語，每次為了表記問題，臨時抱佛腳去查詢，費時費力且錯誤百出，非常痛苦，更是自責，為何華語可以，我自己的母語卻無法書寫流暢？為此，我痛下決心好好學習台語文，以補足寫作的缺漏。

三、孩子教養：我是嘉義人，太太乃基隆人，成家後住在台北市，孩子在現代都會長大，希望可以像我們夫妻一樣，有快樂的童年與傳統的潤澤。母語，就是我們教養的核心，和孩子溝通時，許多字詞與句法闕如，我動手去查詢，解決問題，進而發現新天地，引發我如痴如狂地探尋與寫作。說真的，是孩子教我台語的，我們享受愉快的母語生活。感謝祖先賜與這套語言，讓子子孫孫可以浸潤在豐饒與美妙中。

我這一輩人的台語，上國小後便遭到剝奪，教育體制耗心又耗時，跟父母的對話只會越來越少。我的台語以父母與親族為根柢，受到同儕與媒體的影響，接近通行的優勢腔。然而，進入教育體制後，思考與口語都以華語為主，台語流失得更為嚴重。

實在不知道，我和母語的距離有多遠。

長大後，每次打電話回家或返鄉，逮到機會，我就拚命跟爸媽說話，問問近來身體、心情如何，家人親戚與左鄰右舍的最新八卦，也分享我在外地生活的甘苦辛酸。

這就是母語，你和父母理所當然的語言，但曾幾何時，我們竟無法在自然的狀態下溝通。我是用功的孩子，努力地記錄學習，但只要聊久一點，就會碰到一堆陌生的詞語。遇到疑問，我就「問、查、學」，請爸媽解釋說明，用筆或手機錄音記錄，貼上臉書，與朋友分享，因這樣的鼓勵，父母的壓箱寶傾巢而出，讓我越學越多。

父母，是我最好的母語老師，其生命歷程、土地與時代、還有家庭的悲歡喜樂，就在口中那用時間琢磨出來的話語。

我遇過太多想學回台語的人，其動機都是想跟最親密的人溝通無礙，他們意識到母語的流失，卻沒有環境，也找不到資源，甚至沒有朋友，面對最親密的人，因口拙與腔調不順，挫折重重。

這本書，是為我而寫，也是為你而寫。

書寫的過程，我窮搜冥覽，海選資料，想盡各種辦法，動用一切點子，無非是要鋪築一條台語的康莊大道。

內容必有謬誤與缺失，阿聰我力有未逮，請讀者與專家海涵。

感謝好友王昭華的校對與指教，主編陳瓊如細心規劃編輯，以及許多前輩、朋友的建議與指導，阿聰我**足感心**（tsiok kám-sim）。

這本書，有情感、認同、實用、藝術的考量，奠基於幾百年來先行者的基礎上。眾多研究與推廣的前輩，面對政治打壓與社會漠然，堅其百忍維護語言資產，歷史該還給他們一個公道。

而現在，是讓成果發光發熱的時刻，好不容易在主流出版社發行，希望台語可以成為健康強壯、充滿創造力的語言。

回歸日常生活，回歸台灣人該有的能力，阿聰我充滿自信與愉悅，相信你也可以的。

【附錄】

網路學習一指通

請掃描本頁 QR code，

或鍵入網址 http://qrcode.bookrep.com.tw/itaigi

查看相關網路學習資源：

◎好用網路辭典

一、**臺灣閩南語常用詞辭典**：上網查詢的第一步，教育部頒訂，嚴謹且詳細。

二、**萌典**：不只台語，還可查詢客語與華語，版面設計活潑，受年輕人喜歡。

三、**台文華文線頂辭典**：字詞量最豐富的網路辭典，附帶大量台語資源連結。

四、**台日大辭典台語譯本**：詳盡記錄日治時期的用詞，用來確認原初的台語。

◎透過臉書學習

一、**臺灣話資料交流所**：有任何台語問題，就到此社團留言請教，天神級的台語專家會來救援喔！

二、**失控的台語課**：給現代人的台語課，在都會區舉辦活動、分桌討論，且分析字詞、提供實用說法。

三、**粉紅色小屋**：以年輕人的角度來看台語，圖文並茂，盈溢生活感，可搭配書籍《台語原來是這樣》。

四、**台語真正正字歌詞網**：要學台語歌，得搭配羅馬拼音與台語正字，此網站資料詳盡，曲目超豐富。

五、**母語家庭**：想跟孩子講台語？就從加入此社團開始，舉辦活動、釋疑解惑，都是熱心的爸爸媽媽喔！

六、**世界台**（Sè-kài Tâi）：要瞭解最新的國際大事，就來世界台讀台語文、聽台語朗讀，培養國際觀。

七、iTaigi（**愛台語**）：於網路建立辭條，集體討論且投票，推廣新詞與流行語，是科技時代的新平台。

八、**李江却台語文教基金會**：舉辦主題討論會，用行動推展政策，來認識台語人同好，一起學習成長。

◎透過閱讀與影像來學習

一、臺語文教學資源網
二、台語影音資料
三、真平台語網
四、台語教學資源 台灣語文測驗中心

◎學習羅馬拼音與台語漢字

一、臺灣閩南語羅馬字拼音教學網
二、臺灣閩南語推薦用字 700 字表
三、臺灣閩南語羅馬字拼音方案使用手冊

◎下載台語輸入法

〈電腦〉

台灣閩南語漢字輸入法

信望愛台語客語輸入法

〈手機〉

羅漢跤台語輸入法

TaigIME 2 台語輸入法

Phah Tâi-gí 台語輸入法

台語好日子
——學台語的第一本書

作者　鄭順聰

副社長　陳瀅如
責任編輯　陳瓊如（初版）
行銷業務　陳雅雯、趙鴻祐
台語校讀　王昭華
封面設計　謝捲子@誠美作
封面繪圖、內頁設計　陳宛昀
內頁排版　宸遠彩藝
印刷　呈靖印刷股份有限公司

出版　木馬文化事業股份有限公司
發行　遠足文化事業股份有限公司（讀書共和國出版集團）
地址　231023 新北市新店區民權路 108 之 4 號 8 樓
電話　02-2218-1417
傳真　02-8667-1065
客服信箱　service@bookrep.com.tw
客服專線　0800-221-029
郵撥帳號　19588272 木馬文化事業股份有限公司
法律顧問　華洋法律事務所　蘇文生律師

初版一刷　2017 年 10 月
二版九刷　2024 年 6 月
定價　330 元

ISBN　978-986-359-448-2（平裝）
978-626-314-217-6（EPUB）978-626-314-216-9（PDF）

國家圖書館出版品預行編目

台語好日子 / 鄭順聰著 . -- 初版 . -- 新北市 : 木馬文化出版 : 遠足文化發行 , 2017.10
256 面 ; 14.8×21 公分
ISBN 978-986-359-448-2 (平裝)

1. 臺語　2. 讀本

803.38　106016151